有好运相伴

上官阿雅　著

北京日报出版社

图书在版编目（CIP）数据

有好运相伴 / 上官阿雅著. — 北京：北京日报出
版社，2024.3
ISBN 978-7-5477-4814-5

Ⅰ.①有… Ⅱ.①上… Ⅲ.①散文集－中国－当代
Ⅳ.①I267

中国国家版本馆CIP数据核字（2024）第026902号

有好运相伴

出版发行：北京日报出版社
地　　址：北京市东城区东单三条 8-16 号东方广场东配楼四层
邮　　编：100005
电　　话：发行部：（010）65255876
　　　　　总编室：（010）65252135
印　　刷：三河市中晟雅豪印务有限公司
经　　销：各地新华书店
版　　次：2024 年 3 月第 1 版
　　　　　2024 年 3 月第 1 次印刷
开　　本：710 毫米 × 1000 毫米　1/16
印　　张：15
字　　数：200 千字
定　　价：69.80 元

说与读者

上官阿雅

北京的初冬，依然凉风习习，叶子五彩缤纷，像飘落的贺卡。就在这样一个季节，有一件好事来了，我的又一部散文集《有好运相伴》已经签约。我低下头，从头至尾又翻阅了一遍书稿，摩挲那繁复的文字，其实有些文，都是些私房话，思量再三，鼓足勇气拿出来，晒一晒很私人、很掏心掏肺的话……

其中我的足音可见，是不是？我坐在戈壁滩摇晃的大巴车上写文记录，更加珍惜和心疼每个从心底流出的洁净的字。初冬的叶子轻摇，黄绿交错，我的眼睛微湿。其实个人悲喜微不足道，但那是刻骨铭心的远方啊，宝贵至极。

这是 2023 年，我给自己的一个最好礼物。忽然间，往昔的日子，历历在目……

那季节里的鸟语花香，那日子里的树木葱茏，那些动情的水，那让人无法忘怀的月色，那土地之上的悠悠白云，那巍峨的山和壮阔的草原，那土地上的气味，那冷峻和神秘的雪山，那遥远的戈壁滩，那尺素寸心，那喃喃的语声一起向我涌来。当然也有疼痛和忧伤……

自从喜欢上了文字，就像心和身都加持了热能，我找到了一个自己和世界交谈的出口。我奔着这个方向，兴奋着、快乐着、努力着，像一个辛劳与卑微的十八线码字工。

　　《诗经·国风》中有这样的句子："蒹葭苍苍，白露为霜。所谓伊人，在水一方，溯洄从之，道阻且长。溯游从之，宛在水中央。蒹葭萋萋，白露未晞。所谓伊人，在水之湄……"

　　词中的"蒹葭"即芦苇也，它是距离爱情最近的草。据说芦苇的根扎得极深，根者，本性也，仅这一点就足够了！人生断然不会总欢颜，那么就对着文字而歌。当我老了，也能如此这般在文字里意气风发，岂不是大幸运？

　　几天前我去菜市场买菜，忽然发现手机没了，顿时吓了一跳。待回到原地，卖菜的主人正找失主呢。和善的大姐微笑着把手机递到我的手中，我忙不迭地致谢，心头一热，觉得好人和好人是惺惺相惜的，顿感活着真好。每一天，开放又凋谢，开放后转眼枯败，其实活着就是最好的作品。

　　快到2023年岁尾了，我的书《有好运相伴》即将面世，我的序，权当2023年这一年的总结。感谢凌老师，感谢编辑，愿大家有好运相伴。

于 2023 年 11 月 19 日北京

目　录

01

第八章　日　常

第九章　私房话

第一章　看清自己

看清自己

一

在西去的列车卧铺车厢里，我认识了三位老乡，他们就和我对床而居。是火车里最近的邻居，他们三个都是瓦匠。粗糙的脸，粗糙的手，粗糙的言谈举止。饿了，呼噜呼噜地吃泡面；渴了，大杯子喝浓茶；困了，倒头就睡……

他们夏天来西北，冬天去南方……

他们的内心似乎有一座炼钢厂，人粗糙但古道热肠，像这沙漠腹地。

我问他们其中一人："这是回老家？"

他回答："嗯！"

我说："已经干完活了？"

他说："应该说是不能干活了，天冷了，该去南方干活了。"

我问："一年四季总是这样吗？"

他望着窗外爽快地说："夏天来西北，冬天去南方，这次回老家。"

我说："一年收入很高吧？"

他平静地说："不算太高，还可以。也买了车，在省城买了大平方的楼，农村也有像样的房子和院落，也有地。"

他接着说："我是个瓦匠，我只会干瓦匠，我就做瓦匠，一生只做一件事吧！"

他最后一句话惊了我的心……

一生只做一件事，任尔东西南北风！多么热烈、多么朴实的豪言壮语！这便是匠心所在，这便是看穿了的人生哲学，这便是对自己有最清晰的认知。适合自己的才是最好的，得心应手的才是最漂亮的，能驾轻就熟才是适宜的奋斗之路，后来我把这个故事写入一部文集的自序中。

二

毕竟活着是大事，是每个人的大事。那么人活着，到底需要什么呢？

人活着，都需要阳光、水、空气。

人活着，都需要粮食、工作和自己的家。

人活着，都希望实现自己的理想、有爱、有快乐和健康。

第一点大家是一样的，后两点就有了区别，区别在哪里呢？

很多毒鸡汤扰乱了我们的认知，我们一直认为，我们只要勤奋努力了，就一定能成功。其实不然，我们真正努力了，也未必能成功。为什么？这里有两点很重要。

第一是你的目标不对头；第二是你的渠道、关系、格局不够。

或许有些人不承认，但它却是一个残酷的现实。

所处的维度不同，获取的信息不同，其眼界和结果都不同。

宇航员站在太空上看地球，地球是什么样？

坐在飞机上看地球，地球是什么样？

坐火车汽车和你站在家门口的眼界又是什么样呢？

三

　　你的日子过得怎样，你的人生目标如何制定，关键是看清你自己的资源和能力。看清自己是一件很不容易的事，如果我们真的看清自己了，那就好办了，这比什么都重要。

　　人一辈子，不过几十年，不是开玩笑的事，正视自己才能笑到最后。

　　我的父亲是农民，那么我的维度在哪？我的空间在哪？我的财力、人力、物力怎样呢？

　　我们眼巴巴地看着那么一些人，实现了自己的目标，我们也不顾一切地挤在天梯上，其实我们不过是只小蚂蚁，那些不切实际的目标根本不可能实现。毒鸡汤遮蔽了我们的双眼，我们像一批脱缰的野马，盲目地供奉和信赖着我们自己的理想，可是常常又为现实寸步难行而焦虑沮丧，不是吗？

　　那么怎么办呢？

　　最重要的是适合自己。

　　别人走的是别人的路，自己走的是自己的路，无法模仿，也别去模仿。有一句老话叫"天上的仙鹤，不如手中的家雀"，就是这个道理。

　　人这辈子，如果能真正地衡量出自己是半斤还是八两，就是能人，就是非凡的人。一切好高骛远和夸大其词都是枉然，黄粱美梦而已！

　　而最关键的就是选择，人生中，选择是件多么重要的事情！比如选择了某个专业、选择了谁做自己的终身伴侣、选择怎样的朋友、选择在哪个城市落脚，选择大于努力，选对了最关键！你可以少走弯路，避坑避险，从容不迫，这才是人生至关重要的。

四

走了那么远，做了那么多事，我们依旧是个默默无闻的螺丝钉。累吗？苦吗？伤心吗？是的，要强的人、奋斗的人都活得累，生活就是累，过日子就是疼，没有累和疼哪有幸福和甘甜的滋味？

那么我们怎样才能适得其所呢？我们怎样才能在繁忙地寻找，繁忙地追求，繁忙地积累，一次又一次的失败后再挣扎，然后重整自己呢？常言说，失败是成功之母，但是谁愿意一次次地失败呢？

我认为人生最重要的就这四点：第一择业，第二择城，第三择偶，第四安家。

如果你适合做木匠就做木匠，如果你适合做教师就做教师，如果你是农民，种好地之后还可以去城里打工，补贴家里的支出，日子也差不到哪儿去。

我有一个亲姐，在农村。姐有五个孩子，每个孩子都自立门户，过得都相当好。几乎每家都有汽车，城里有楼，农村有房，农村的房子和城市也没有什么区别。

细品他们走过的路，才知他们每个人都是本分的、踏实的、一步一个脚印的。他们也高瞻远瞩过，但他们不好高骛远。

人生需要折腾，但人生经不起总折腾，人生不过就是几十年啊！满打满算，就算你能活一百岁，365 天 × 100 ＝36500 天。去除睡觉和吃饭，还剩多少？况且能活到一百岁的有几人？活着还是要确切地定位，看清自己。良禽择木而栖，你看清了自己就有佳木。那么我们如此这般是为了什么呢？当然是为了不白来人间走一趟啊。

生而为人，这辈子来到人世间，每个人都有颗永无止境的追求之心，但是脱离了现实，就像火车离轨，险象环生。我们每个人的道行再深，也不会是孙悟空。最多不过是一个有志的热血青年或中年，超出了这个范围就是违了天命。每个人都不是超人，而是普通人。

鲁迅是个明白人吧，他是人群里足够清醒的，不过他五十五岁就逝世了！曹植才高八斗，四十岁就没了！苹果公司的老板乔布斯五十六岁溘然长逝。人生何其短暂！

贾平凹说："人的一生到底能做些什么事情呢？当五十岁的时候，你会明白人的一生其实干不了几样事情，而且所干的事情都是在寻找自己的位置。性格为生命密码排列了定数，所以性格的发展就是整个命运的轨迹。不晓得这一点，必然沦为弱者。所以我很幸福地过我的日子。"

好运是选择！

好运是看清自己……

人要看清自己其实比看清别人更难！错失一时、一个月或几年就当交学费，可是错失了一个机遇将遗憾终生！

我认识一位朋友，他生活在一个小镇，文化不高，智商偏中下，人很固执，如果他这辈子就本分地过日子，看清了自己，他肯定能小富即安。可是他不，他就想当房地产老板。

他有野心但欠缺能力和才华，最要命的就是这点，他空有一腔志向，最后抱憾终生！万丈高楼平地起，当然要有构架，有地基，有统筹，有银行贷款，有心机和心计，有人脉……

后来他计划的一切都落空了，他给人家送礼，四处托人，但是又被很多骗子利用。最后他债台高筑，甚至把亲戚的钱也搭了进去。七十岁的时候罢手了，他眼高手低，小事不肯做，大事又做不好。这辈子一事无成！悔之晚矣。

五

曹雪芹是何许人也？

《红楼梦》开篇这样写道："满纸荒唐言，一把辛酸泪，都云作者痴，谁解其中味！"几行小字，以泪研墨，字字滴血……

谁解其中味呢？

体会过的人明白那味道，熬过的人明白那味道，经历的人明白那味道。曹雪芹一部红楼，开篇几行小诗，已经参透了人生。

阅历告诉我们，似乎不用谁再提醒也应该懂了——人到中年了，应该明白什么是爱己和爱人，明白什么该好好珍惜。苦辣酸甜，世态炎凉，灵与肉都被岁月漂洗过了。如果再糊涂，这一生真的就白过了！

你看那中药的熬制过程了吗？那要一点一点地熬，熬到时候才叫中药。熬到最后是一汪晶亮的液体，那叫精华，才可以治病。

你看那一把把山火将野草点燃，而第二年春天蓬蓬勃勃的野草漫天地生长，春草破土重生，漫无边际……它多像苍茫的人生啊，拣尽寒枝，谁懂？唯有你自己懂，最后岁月熬得你化茧成蝶！

有一日，我去中国美术馆看画展，我看了齐白石的画，感慨颇深。

常见的东西几乎都能入齐白石的画，一个切成两半儿的咸鸭蛋、几尾虾、两节藕、一个莲蓬。

在他的画里似水流年是那么温暖，那种对生活浓浓的情，浓缩在一幅幅简单的画里……

不这样入境哪里会有齐白石？！不这样入境哪里会有眼前这般好的作品？！那般感悟啊，是静修于心的真功夫，是超然于世外的定力，是一颗拂去内心杂芜纤尘的完美表达。他的画精简、干净，朴实得让人落泪……

画前伫立，便知一生！

我读过《齐白石传》，他一生没上过真正的学堂，只念过两年私塾，识得三百字便退了学，从此老老实实地当木匠。开始是在木头上画，后来在纸上画。这一画便沉醉了，这一画就是一辈子。

五十多岁的齐白石流落京城，也没什么名气。在一个破旧寺庙里为人制印，忽然有一天陈师曾来了，陈师曾看到他刻的印章，即刻惊得没了魂儿——这世上怎么有这等奇人制印？他把齐白石的画带到日本去展览，在日本引起巨大轰动，回国后人人知道齐白石。

巴尔扎克被称为现代法国小说之父，但是他人生的苦难是常人难以想象的。

他生前生活困窘，房屋低矮潮湿，陈旧狭小，他常常坐在一张破桌子前写作，有时为了御寒他干脆窝在被窝里写。最不堪的是他还债台高筑，常常担心来他家的客人是逼他还债的，所以他常常吓得心惊肉跳，躲在窗帘后张望，看看是不是真正的来访者，才敢开门迎客，接待客人时也是小心翼翼。后来他干脆把屋门锁了，从窗户跳进屋里，再把窗户关紧，然后他在屋里安静地写作，来访的人见门上落了锁，就回去了。

巴尔扎克，生于法国中产阶级家庭，当年的他，放弃法律专业，毅然走上文学创作道路。

经历了一次次失败后，他写出了被称为"法国百科全书"的《人间喜剧》。在《人间喜剧》里，他描绘了法国不同阶层、不同职业、不同的活动场所，描绘了一个由两千多个人物构成的广阔的社会画面，堪称是世界文学史上的奇迹。

曾经有人问巴尔扎克是如何做到这一切的，巴尔扎克回答说："如果你也懂得让每一分钟都发挥价值，那么你也能和我一样。"

在巴尔扎克短短五十一年的人生中，只有两三年事业顺利，不用为钱发愁。其他时候，他都是在贫穷负债和困顿中度过的。他是在"最残酷的困境中，在完全孤单、绝对没有半点安慰的气氛里，从事超过自己力量的工作"。

曹雪芹、齐白石、巴尔扎克这样的大师，如果不是疯子，那一定是天才，他们不同于一般常人。他们对自己做的事太执着了！执着得就像个单纯的孩子，眼前什么也没有，只有自己的理想。你有这样的天分吗？你有这样的执着和坚持吗？

如果你有你就坚持，如果没有，就别浪费自己的人生。

六

走了那么多路，经历了那么多事，最让我感动的一段文字依然是这段故事：

年轻的肖邦初到巴黎，无人赏识他的音乐天才。他偶识了乔治·桑，这是机遇。乔治·桑引他进入自己的沙龙的第一天，邀请了许多音乐界的名流，并告诉他们，大音乐家李斯特将为他们演奏钢琴曲，但有一个条件，需熄烛听之。黑暗中钢琴声让所有人都陶醉了，琴声止掌声起，乔治桑挽着李斯特持烛走到钢琴旁，这时人们才发现，演奏者原来并非李斯特，而是一个陌生的年轻人！法国女作家手中持的蜡烛照亮了未来大音乐家的脸！

李斯特说："这位年轻人演奏得好极了！我非常羡佩他的才华！"从此肖邦闻名世界……

肖邦很好运，遇到了李斯特，齐白石遇到了陈师曾，而曹雪芹的命运就没有那么好。

《红楼梦》从禁书到如今畅销书一纸风行数百年，曹公如天上有知，也算如愿了。

作为一个生活在人世间的人，谁不想成功？！可是谁又有多少能力来改变自己所占的资源和客观条件。这些客观条件横在人的面前，逾越不了，改变不了，那么怎么办？

我们要因势利导抓住机遇，能做什么就做什么。

写了半天，我最好的运气是什么呢？就是国家的高考了。那是国家给我的红利，那是一段林深见鹿、海蓝见鲸的经历。

那年的大事小事，关乎国家命运的事，都历历在目。不过我那时十几岁，还是一个不谙世事的孩子。

那年那月到底发生了什么呢？

1976年1月8日——周恩来总理逝世！

1976年7月6日——朱德委员长逝世！

1976年7月28日——凌晨3点42分，河北省唐山地区，发生7.8级强烈地震。那一时刻地动天摇，二十多万人丧生！

1976年9月9日——毛主席在北京逝世！

一桩桩的国难大事震惊世界！

那时的我，看到周围的人们眼泪在飞，我也泪眼滂沱……可是我依旧弄不懂大时代的惊涛骇浪。我只记得天上有一条河叫银河，地上有一大片土地叫东北平原，有一条路就是家通往学校的路。可我依然感到不安，不安中却茫无所知，一言难尽。

1977年国家恢复高考制度，这个消息如同平地惊雷，震动了千家万户……

而我呢？我那时在干什么？我初中刚刚毕业，刚上高一。

1979年，我的高考来临了！

我的好运气就是高考。

我不谈现在的教育如何，我只谈我那时的机遇，我的机遇就是那时的高考给我的。

在这桩大事情里，不看出身，不看背景，不看长相，你的其他劣势都不影响你考上大学，改变命运。全中国的青年，有能力你就去考。几千年来，公平地促进阶层流动的探索和智慧都集中反映在高考上了！

我那时不甚明确，单知道如果我考上学，那一定是好的。高考是我唯一一条从村里通往外面世界的通道。而我那时看到了，看得很清楚，并为之专注地努力。高考是我改变命运的稻草，冲出重围，才能解救自己。

那年我十六岁，一位高中应届生，在热辣辣的 7 月参加了国家大考，最终考上一所师范学校的中文专业。尘埃落定，这个结果，没什么可值得炫耀的。但回头看，那是我一生中最初的逆袭机会，也是上苍和国家给我最好的礼物了。

唐人韦应物说："我有一瓢酒，可以慰风尘。"所言极是。

爱情是什么

一

　　"我已经老了，有一天，在一处公共场所的大厅里，有一个男人向我走来。他主动介绍自己，他对我说：'我认识你，永远记得你。那时候，你还很年轻，人人都说你美，现在，我是特来告诉你，对我来说，我觉得现在你比年轻的时候更美，那时你是年轻女人，与你那时的面貌相比，我更爱你现在备受摧残的面容。'"

　　这是杜拉斯在她的著作《情人》里惊心动魄的开头语，为此我不舍昼夜，读了《情人》两遍，第一遍通读，第二遍翻阅……

　　我不禁要问，情人之间有爱情吗？婚姻里有爱情吗？

　　这两桩事情里或许都有爱情，或许都没有，或许有那么一点点。然而爱情却带着光芒，从古至今，被塞进文学作品里传颂。

　　因为爱情不是面包、不是衣服、不是房舍，甚至不是一朵花儿、一副手套。它只是一种心理反应，今天爱，明天可能就不爱了。更让人惊骇的，它有不确定性，有无数个形象和颜色，有无数种美丽，是苦海也是情之圣岛，它的艳与寂只有当事人明白并深知它的灵魂……

司马相如，是西汉时期的名作家，他和卓文君的一场爱情，从古至今，被人津津乐道。不过，据说当他在长安，被封为中郎将的时候，觉得身份不凡，就起了休妻的念头。

有一天，他派人给卓文君送去一封信，信上写了"一二三四五六七八九十百千万"十三个大字，并要求卓文君立刻回信。卓文君看了信，明白司马相如有意为难自己，十分伤心。想着他们曾那么深爱对方，他竟然忘却昔日往事，就提笔写道：

万语千言说不完，百无聊赖，十依栏杆。
重九登高看孤雁，
八月中秋月圆人不圆。
七月半，秉烛烧香问苍天，
六月伏天，人人摇扇我心寒。
五月石榴红似火，偏遇阵阵冷雨浇花端。
四月枇杷未黄，我欲对镜心意乱。
急匆匆，三月桃花随水转。
飘零零，二月风筝线儿断。
噫，郎呀郎，巴不得下一世，你为女来我做男。

司马相如收信后，惊叹不已，夫人才思敏捷，且对自己一往情深，于是很快打消了休妻的念头。

后来卓文君又有乐府民歌《白头吟》一首，寄她心愿"愿得一心人，白头不相离"传为佳话。从古至今何为佳话，因少之又少，不然漫漫历史长河，怎么会口口相传至今？

所以曹雪芹借贾宝玉之口，在《红豆曲》里直呼……

滴不尽相思血泪抛红豆，

开不完春柳春花满画楼。

睡不稳纱窗风雨黄昏后，

忘不了新愁与旧愁。

咽不下玉粒金莼噎满喉，

照不见菱花镜里形容瘦……

二

有一句话叫青山不老，绿水长流，这世界生生不息全仗有爱，这个世界之美好，也是因为有爱。感觉这个家美好，是因为有爱；感觉这个世界的人好，更是因为有爱。爱是我们驻足于世的牵绊，爱和不爱，以及被爱，都是我们存活于世的动力，有了爱，人类才生生不息……

可是在人类历史中，滔滔的感情长河里，都是爱情吗？不是。爱情只占微乎其微的一点点，有它挺好，没它也行。否定人世间的爱情是不对的，爱情至上也是不对的。

我朋友的女儿，在花季年华里失恋了，可是她最终想不开，跳楼自尽。之后这个家惨烈得目不忍睹，她妈妈疯了，她爸爸脑梗死而卧病在床。美满的三口之家，突然之间哀戚遍布……

那段时间我经常失眠，常常一夜不寐。我在想着这样一个破碎的家，今后该怎么熬？！

被风吹乱的蜡烛，

顶着火焰流泪哭。

当挖开记忆那一层土，

就像经历没有麻醉的手术。

耳朵塞满了孤独，

我听不见幸福。

别再用冷漠对待麻木……

我的头脑里嗡嗡乱响，响着电影《唐山大地震》里的主题曲……

年轻人啊，请尊重生命，珍惜自己，体会爹娘的感受，他们是默默守护你的天使，每个孩子首要而必需的职责就是珍惜生命。

花样年华被瞬间的决绝摧毁了，而摧毁的不仅仅是她自己，还有辛苦劳碌大半生的父母，她一旦遭遇不测，他们活下去的希望都没了。

三

那么海誓山盟的爱情有没有呢？

一定是有的！

那是人体里的多巴胺在作祟。

茨威格在《断头王后》中写过这样一句话："她那时候还太年轻，不知道所有命运赠送的礼物，早已在暗中标好了价格！"

每当读到这句话，我都会冒出要写点什么的冲动……

有一次，在火车站等车，车站里不算拥挤，可是座位上也坐满了人。对面坐着一对男女，女人看上去面容真是不年轻了，大约六十岁的样子，却打扮得粉嫩而鲜艳。男的年纪比她小很多，很帅。他们亲昵的动作在人群里格外刺眼，因为我就坐在他们对面，所以目光无法不触及他们。

哀哉！我觉得特别尴尬……

朋友啊，这是公共场合哎，真想给那个老女人一记忠告！我周围的旅客同样也感到不适，大家面面相觑。跟随大人的小孩子们也不时睁大天真的眼睛看着他们，大家彼此交流着目光，讨厌的心理不言而喻。可是他们旁若无人，亲热不止。让我好奇的是，他们是爱情吗？他们不是爱情吗？那他们之间是什么？

写到此，我无话可说了。只想对车站那位热吻的老女人说："好好擦亮眼睛，好好看外面的世界，好好地管理你自己！老了不仅是皱纹长了，还是要长点心吧！"

这美好之世界虽美好，可也少不了人渣。

就像晴天或多或少都会有浮尘，水果摊上有几个烂苹果，每日我们喝的水细菌还是会有的，因此必须烧开了才能用，细菌也就别想存活了。

其实在普罗大众的日子里，哪天不上演这样爱和不爱的情景剧呢，如同一日三餐。

只是我想说，如果你把爱情两个字当成此生的唯一，终究会败在爱情里。

四

疫情这三年，念念不忘的是出门戴口罩、回家洗手、适时消毒……

在最平常的日子，在蓝天下自由地行走、挤车、逛街，在街边大排档或某家小酒馆堂食，2020 年都是很奢侈的事儿。

接着，大家时时听到一系列词儿——集中隔离 14 天，居家隔离 14 天，劝返，核酸检测等，各种媒体都在宣传着与疫情相关的政策，大家熟稔在胸。

全球红灯处处警报……

如果死亡两个字还不能给予人深省的话，那么这个人、这个族群就完了！没了生命，鸿鹄之志、灯红酒绿、声色犬马、金钱享受、爱情亲情，一切都是零。

我和他，每一天，都紧盯着新闻，叮嘱家人，互问长短，最常说的话就是我们都好好的，好好地活着。你在，我也在，大家都在，我们整整齐齐地在一起。

这世间最有分量，最让人心疼，觉得活得最值的一个字就是爱。爱自己、爱家人、爱值得的爱。

爱是上苍飘落于我门楣的甘露，爱是春风吹拂的小草，爱是联动万顷的森林。爱是那温柔的一朵花，也会引领一片春晖大地。爱是一片洁白的云朵，爱是一片海洋，它是奉了上苍的旨意飘落人间，从此人间有桥，人间有路，人间不再冰冷，从此人间没有黑暗。

这是爱情吗？这里面有爱情，但其实更多的是被亲情所席卷。

有一次在一个远方的小站候车，很晚的天，很冷的季节，那是一个清寂的小站。我要在那里候车一个多小时，寂寞难熬啊！

看看外面漆黑的夜天和寥落的灯光，想到如果那时躺在家中，躺在暖暖的大被子里，捧着一本书阅读，那该是多么幸福的事情啊！

可是人生路漫漫，很多时候是生活需要奔波和劳顿。忽然想起鲁迅在《故乡》里的话："我又不愿他们因为要一气，都如我的辛苦展转而生活，也不愿意他们都如闰土的辛苦麻木而生活，也不愿意都如别人的辛苦恣睢而生活。他们应该有新的生活，为我们所未经生活过的……"

我的心，靠品味着鲁迅的话，打发在这个小站的无聊……

那么我们该要什么样的生活呢？

转身看见一对老年夫妇，得有六十多岁了，看上去是农民。他们相依坐在长椅上。紧挨着他们的是一副箩筐和一根长扁担，箩筐装得满满的，看来他们是要挑着这箩筐赶路的。

老先生始终握着老太太的手，他们安然相依，静静地看着过往行人。

后来才知，两位是带着过年的年货去儿子家过年的。老太太围着紫红色的围巾，头发花白，崭新的衣服，在老先生眼里是绝世美丽。

老先生关切地问："你去卫生间吗？"

老太太摇摇头。

老先生又问："你吃点啥？"

老太太又摇摇头。

这期间两位老人的手始终是牵着的……

后来老妇人说要上卫生间，老先生一直盯着她去卫生间，直至她回来才松了口气。

检票开始了，他们淹没于长长的人流中。那个冬夜，我看见一弯银色的月牙宁静如画，我的心，被两位老人的幸福塞得满满的。那路中的长亭与短亭，那驻足里的晨昏夕照，都是每个人都会经历的故事。

爱，不单是爱情，更有亲情和友情。他是一双温暖的手，抚慰悲催和艰难，当光阴席卷而去，你的心依然温暖如初……

五

无论男人还是女人，如果你遇到了爱情，切记爱情不是人生的正餐，它只是人生的一个精神便当。有它挺好，没它照样精彩，而事业绝对是人生第一要素。

没钱没事业的男人会吸引什么样的女孩倾心呢？

而好女人，一定要保持住养活自己这个底线，才能自尊自爱，才能无愧自己，无愧于人生。自食其力是底线，是话语权，等你老了丑了，你的自信指数不会降低。等你弱了，没有力量了，但兜里有底儿。

小鸟依人可以，但可以依靠青春时光，却免不了老来荒凉。

自食其力更是爱自己，这叫自爱。不自爱的人谁会去爱你？有能力爱自己才会有余力爱别人。这种自爱是甘露，养心、养身、养神。

谁都不能生活在真空里，我们要踏踏实实地生活在现实中，当你受的委屈多了，你就深有体会了。当你泪水泡着心的时候，你就会如梦方醒了。

而婚姻是两个人的事，也是两个家庭的事，更是和社会相关联的，所以从古至今有门当户对之说。门当户对不是贬义词，它是一方找另一方人生的合伙人，是要过一辈子的，是要相伴终生的。这两个人应该是举案齐眉的战友，是相互加持的兄妹，相互鼓励、相互成就的合二为一的共同体。

而恋爱是干柴烈火，是荷尔蒙和多巴胺的冲动，烧完了，海誓山盟也随之灰飞烟灭。婚姻则是你这辈子最重大的抉择，抉择得好与坏，你是第一责任人。你要为你的人生负责，所以怎么可以忽视和随随便便呢。

赫尔曼·黑塞说："真诚是什么意思？你指的是什么？你仔细看看动物，一只猫，一只狗，一只鸟都行，或者动物园里哪个庞然大物，如美洲狮或长颈鹿！你一定会看到，它们一个个都那样自然，没有一个动物发窘，它们都不会手足无措，它们不想奉承你，吸引你，它们不做戏。它们显露的是本来面貌，就像草木山石，日月星辰，你懂吗？"

人世间为什么会这么复杂？

因为它是人世间，因为我们要明白人性，愿你心里有爱，眼里有光，围绕你的是踏踏实实的幸福……

人到晚年

一

谈到过命运，谈到过机遇，谈到过奋斗和选择，在这篇文里，我要谈谈晚年。

很多人说，人到晚年一定要有些钱。

这精辟的总结，似看穿了一切，人生在世，没钱怎么行？我采访过数十位老人，和他们聊天儿，和他们一起散步，和他们一起旅游，和他们聊吃聊穿，感慨颇深……

采访中，我不时地向自己发问，当我老了怎么办。我还能从容而淡定吗？我还可以信笔写作吗？我还可以俯身练习瑜伽吗？我还可以健步如飞，想上哪儿抬腿就走吗？如果不能，我该怎么办，没有那么贪生怕死，只是我非常介意生存质量。

这更深的醒悟直截了当，它让我对人生、生存、衰老有了更深层的认识！

二

可是人老了究竟该怎么活着呢？老人们的现状和期许是什么？

一位黑龙江的农村老人这样说："如果没有其他意外情况，只是温饱的话，一年两万元钱。一辈子按照八十年算，那样一百六十万就够了。条件是得有自己的房子和地，但是不能生病，不能摊上灾荒年，不能发生意外，一旦有意外等住院状况，所需就没办法计算了。"

一位清洁工大婶说："多少钱都不如自己的两只手！只要不病不懒，一辈子都可以活得好好的！"

我的朋友说："普通人活一辈子，和钱有一定关系，可是身体健康更重要。有钱当然好，但多少钱也买不来健康。所以在健康允许的情况下，努力攒钱好好生活，这是关键。钱多有钱多的活法，钱少有钱少的活法，关键是健康最重要。"

另一位朋友说："我是东北乡下农村的，我们这里很多人活到了七八十岁。他们吃的粮和菜是自己种的，吃的鸡鸭鹅是自己养的，用鸡蛋换了油盐和烟钱。也没生过大病，没去过医院，小病不看，吃点镇痛片就得了。这样的人，在农村大有人在！你说他这一辈子能花多少钱？！"

还有一位年轻的朋友这样说："我算过这样一笔账，一个普普通通的人，在县城上班，拿着县城中一般的工资，努力地活着，小心翼翼地终老，要花多少钱呢？买房子要花五十万。养孩子到大学毕业至少也得五十万，其实五十万是不够的。一家人的吃喝拉撒肯定要花钱的。我们自己老了呢？还得花点医药费吧。最后谈及父母，总得负责任的。比较普通的一生，粗略算计，至少要两百万。我说的是，不敢乱花，没有车子，没有什么旅游，没有什么高档消费，节衣缩食，只是小心翼翼地活着，其实这些钱还是远远不够的……"

三

采访中，我感慨万千。说实话，年轻时怎么都好办，但是人老了呢？老了该怎样活？我现在特别关注这个话题。

A 阿姨，和我住一个小区，今年八十六岁，是位老地质勘探队员，老伴儿已经去世多年，她一直自己过，老人穿着干净利落，头脑精明。

我说："您不和儿女过？"

她说："不，我自己过得很好，他们常来看我。"说完她满意地微笑。

我说："您每天自己一个人都做什么？"

她说："我有好多事要做，洗衣，收拾屋子，还要按时锻炼，然后看看电视，每天练习书法，每天都忙得很。"说完我们都开心地笑了。

我说："您都喜欢吃什么？"

她说："我不太爱吃肉，但也吃，喜欢清淡的食物，不吃太饱，晚上每天都喝粥。爱吃包子和饺子。包饺子我能包出三四种花样来，有的像树叶，有的像麦穗。为啥要吃带馅的呢？因为可以解决吃菜的问题，还节约了劳动力。"

我微笑着赞扬她："阿姨您真有生活智慧！"

旁观她的人生，老地质勘探队员，虽独居，却不缺钱，衣食住行一切自己料理。她活得自在从容，精神矍铄。慢生活，人不挣扎，人和心都平和，她无病无灾，慢悠悠地走在变老的路上。

那是 2020 年临近春节的一天，北京的天灰蓝色，无尽辽阔。在布谷鸟远远近近的叫声里，新春的气息显得更加温润鲜明。

我出来遛弯，和 B 阿姨巧然遇见，聊了一会儿，她讲的都是家长里短的事情。她八十八岁，和女儿一起过，但分住在两座楼房里，她什么都能做。

年末岁尾，大家都忙着除旧迎新，她也不例外。穿一件紫红色羽绒服，头发花白，身材适中，干净利索。她笑呵呵地说："我拆洗床被呢，里里外外都让我拆了，棉花重新弹了，要洗一定要洗干净、洗透亮！"

八十八岁的老人，她能做一切家务，每日去菜市场买菜，和小商小贩讨价还价，你别想骗过她。她活得像一株幽兰，让你始料未及，却又心服口服……

四

某日我孤身一人跟一个老年旅游团远行，我想接触更多的老人。吃团餐，看风景，坐在大巴车上，远眺山峦原野。我一边沉默无声地观察着身边的老人，一边享受着自然赐予我的一切风景。我身后有五位老人，坐在大长座上，两男三女，不声不响，他们相互帮助，互相提携，紧跟着队伍。大包小包，步履蹒跚却从不掉队。有时他们为一件小事而争执，争执后但意见总会统一。我很好奇，就和一位阿姨攀谈起来。

我说："还是和老伴儿一起出来好啊！一起看风景，还能互相照顾。"她平静地微笑，摇摇头，不言语了。

我犹豫了半天，小声地说："不愿意和老伴儿一起出来呀？"

她回答说："单着呢！"

我一时没明白这个"单着呢"的意思。

她叹了一口气接着又说："老伴儿已经去世五年了！"

我忽然醒悟，觉得自己说错话了，诧异中觉得自己太莽撞。

阿姨略微苦笑，说："老伴儿成为地下工作者了！我们五人一组出行，我们都单着呢！我们是邻居，是多年的老街坊。"此时我们的对话中断了。

沉默了许久，然后我说："你们这个团队很好啊……"

她点头说："嗯，可是再怎么好的团队，你也得健康，你得跟得上、别落下，你老拖后腿那怎么能行？谁带你呀？”

我深深地点头，金玉良言大概不过如此吧。他们五个人有的是退休工人，有的是退休教师，有的没工作靠儿女资助，但是这个团队很温馨，他们的年龄都超过七十五岁。

人都将老去，任凭你是谁，这是自然规律。走到了山顶就要下坡，即便是英雄，终究有一天也会走向末路。而让人感叹的是，这个世界依然灿烂温暖，依然天地辽阔，依然长路漫漫，因此你必须注重你的健康才能享受这一切。

任何生命都有走到尽头的那天，短如蜉蝣，长如海龟，人生无常，这是没办法的事。其实衰老并没那么可怕，可怕的是活得不体面、活得孤独。相生相依是人类的习性，山欲远之，水更近乎？那是相生相依啊，这就是大多人恋爱结婚的原因吧。

人孤独了，也要有自己珍惜的事，比如始终如一的爱好，能说得来的老友……

五

旅游团队里还有位七十七周岁的老人，他原是北京一所驾校的教练，六十岁退休，又返聘回去，工作到六十五岁。现在七十七岁的他，身体强健、朝气蓬勃、乐观向上，不时地哼唱歌曲，像年轻人一样，常常自驾游，他和我讲起他看完电视剧《最美的青春》的感受。

他说：“塞罕坝！真是热血的塞罕坝啊！真美！为此我还特地驾车拉着我的老伴儿去了一趟塞罕坝……”

我被他感动了！他虽处暮年，心却是极其年轻的。

那一次在车上，还和一位老人谈到在养老院养老的问题，这位老人直言不讳地说：“我宁可死，我也不愿意去那地方！我自己有房子，就自己过，身体很好。"我点头，赞同这位老人的观点。自己过、独处、有一寓，多好！待风景都看够，就在檐下读细水长流。

六

人到晚年不容易，可是年轻人也不容易，每当在北京早晚高峰挤车时，看见拥挤的人流，我的心里就不是个滋味……

五十四岁的王计兵，是外卖员，他的行程累计十五万公里，相当于绕地球跑了近四圈！谈何容易！当人们饭来张口时，外卖员正在为养家糊口风雨兼程呢。

2019 年 11 月，他给一个住在六楼的顾客送餐，爬完楼梯，敲开门，发现顾客留错了地址。他立刻联系顾客，拿到新址送到后，发现又错了。

直到又要了地址，他累计爬了十八层楼，终于见到了顾客，顾客有怨言，可是王计兵什么也没说，苦累都咽下去了。因为出错的订单，后面的两单都超时了，要罚款百分之八十。王计兵没有和他理论，怕被投诉，平台会"再罚五十元"。

王计兵是谁呢？他是三个孩子的爸爸，一个养家糊口的丈夫和男人，一个在人世间奔跑了半生的男人。面对小伙子，他一直低头道歉。

回家的路上，他写下了一首诗，叫《赶时间的人》：

> 从空气里赶出风，
> 从风里赶出刀子，
> 从骨头里赶出火，
> 从火里赶出水……
> 赶时间的人没有四季，

只有一站和下一站。

世界是一个地名，

王庄村也是，

每天我都能遇到一个个飞奔的外卖员，

用双脚锤击大地，

在这个人间不断地淬火。

　　生存不易，活着不易，活着首先是要健康，然后再谈坚强。有些时候人活着不坚强也得坚强……

第二章　好运始于北京

来北京的机缘

于沧桑的人世,"好运"两个字非常安慰。说来有点奇缘,我没想北漂,却真的去漂了。有人说,北京跟莫斯科一样不相信眼泪,必须得坚强才能在"帝都"有尊严地活下去,其实不然。

北京对于我来说,是包容的,我一个师范学生能在北京站住脚,全靠时运和包容……

2003年的某日,微雨,灰色暗淡的街巷里有平平仄仄的脚印。我直发触肩,穿着运动鞋和牛仔裤,头发微湿,像个灰色的影子,手拎着中药包,样子有些诚惶诚恐。在人堆里,永远不会有人发现我。

远远地传来1路公交车到站的鸣笛声,地铁里刮来习习的风,是那一年,还是哪一年?

那里的人,那里的事,那里有忘却不了的人和忘却不了的日日夜夜。北大医院,那位老中医,医院里特殊的味道,那么多人和事,我始终刻骨铭心……

纷纷攘攘的患者里的我,铅灰色天空下无助的我,北京高楼大厦前迷惘的我,月季花海里不知疲倦的我,在蓝蓝的天空下在甲壳虫一样的车河里等车、挤车的我。

我的旧背包，我的老式电脑，还有街角的小吃店，五元钱一大碗的拉面，漂亮的阿雪和阿雪的红烧肉。我眯起眼看天外那缕紫色云霓，皆如前世今生。

人来这世上目的是什么？我想，第一，要照顾好我自己；第二，我要照顾好我的孩子；第三，我要照顾好我的文字。

结果都照顾好了吗？未置可否。

当我打开那些曲曲折折和满目疮痍的经历，我才懂得冥冥之中自有天意。人世间的事，变化多端，未来的路上有无数不可能。有些事，不是你想做好就能做好，不是你贪黑起早了，你风雨兼程了，就可以做好。在太阳底下，每个小小的我，都是一粒灰尘。

有人说："不畏将来，不念过往，不困于情，不乱于心。"

我从前绝对是个无神论者，可是后来我也信命了。我发现我们常常能左右的不过是区区小事而已，而大的命运掌握在谁的手里呢？

比如我来北京以前，从来没想到过自己是以这种方式来的。

我在故乡，其实活得也算挺好，小城春绿冬白，我在那里是一家报社的记者。家乡县城满打满算，八十万人口。我们报社采编人员共二十来人，小城仅此一家报纸，所以我活得还算舒适，有自己的房子，有稳定而体面的工作，每天朝八晚五。工作嘛，每日东跑西颠。上班了，工作繁多而有条理；下了班，生活顺心而舒适。

在报社里，我学会了独当一面，懂得了小城市市井邻里的人情世故。我脚不停歇地活着、写着、采访着。偶尔闲了，和朋友们去四道街的一家火锅店，端起啤酒，吃着火锅，唱《海阔天空》和粤语歌《偏偏喜欢你》。

那时的我，骑一辆单车，往返于家与报社之间……

我伸出手臂拥抱蓝天，沉默无声地鼓励自己，未来可期，前程似锦。

静静的晚上，忙完一天的工作，我哄孩子睡着，又埋头阅读自己最喜欢的书籍。三口之家不富不贫，每日虽行色匆匆，却也愉快自在。

我是报纸的副刊编辑，每日必须参加编前会，每日必须埋头于成堆的稿件和热情的读者聊天儿，沟通稿件，去农村风风火火地采访。风从窗口吹来，白杨树叶绿了又黄，哗哗的岁月在流淌，那样的每一天都很值得回忆。

可是有一天表姐来了，她非拽着我，陪她一起去见一位算命先生。她要算命，因为她特别信命。在一个曲里拐弯的胡同，终于见到一位其貌不扬的先生，他给表姐算完，我们起身告辞。可是那位先生叫住了我们，他对我说："这位女士请留步！"

我们停下了脚步，他又对我说："这位女士，我知道你不信，可是我不要钱，我就想给你算算。"

话逼到这儿了，我们都停下了脚步，加上表姐再三撺掇，我只好算算。报了生辰八字，我打量着屋里的四周，有点儿心不在焉。

古来便有"一命二运三风水，四积功德五读书，六名七相八敬神，九交贵人十养生"之说，看来大凡是人，活来活去，都是信命的。可是我一普通人，普通的命，普通得不能再普通的日子，我就不信他还能算出什么花样来。

少顷，算命先生开腔了。他说："女士，别看你现在活得很自在，但是你会有几年很苦很苦的日子等待你，你命中注定会有这么一劫，躲也躲不过去，通过你的八字已经看出来了！"

我轻描淡写地笑了，说："难不成我还会去讨饭吗？"

他接着说："但是你会身无分文！"

我惊愕了，马上调整了表情，付了钱，像是做了一场梦一样，从那个深邃的胡同里走出来。

这事就这么过去了，也没当回事。

可是，事隔一年，我却得了一场怪病。总是腹泻，顽固性腹泻，医生说，这病叫肠易激综合征。我在故乡遍求名医，就是不好。随之而来的是睡眠也不好，人瘦弱，没有力气，之后就长期病休在家了。医生说："严重的情况下会引起蛋白血症和水肿。"我怀疑自己得了不治之症。

睡不着的静夜里，我跟爱人说："即便生命到了尽头，也无所谓，已经活了几十年了。冷暖领教不少，好赖脸看了不少，酸甜苦辣吃了不少。大事要去，随它尔！"可是爱人听了这话，他慌了，胁迫我去了北京。

2003 年 10 月，我们俩来到北京。在懵懵懂懂中，我们闯进了北京大学第一医院，医院始建于 1915 年，位于北京老皇城内。它是一所融医疗、教学、科研、预防为一体的大型综合性三级甲等医院。

排队、挂号、检查之后，一位德高望重的老医生接待了我，他给我切着脉说："别急，你的病一定会好的！"他的话语让我觉得很温暖，很幸福。我在想，阎王爷可能还不想要我，大难不死，何以幸福不会慢慢抵达我的门楣呢。

瞧完病，出了门，望着老槐树掩映的红墙，才知其实看病所花的费用并不高，只是每天要排队、排队。我对首都医学医术深信不疑，都病了这么长时间了，排队算什么。我和爱人相视而笑，每天准时准点，守候在站点和医院专家的门口。

一种幸福感油然而生，每日，我和我先生从住处乘 103 路电车，到府右街下车，就到目的地了。我吃着教授给我开的中药，病情有所好转，失眠也好了许多。微风抚在我的脸上，望着北京蓝蓝的晴空，我由衷地欣喜。

我不再为不敢出门而惶惶终日了！

我不再为找不到卫生间而苦恼倍至了！

我不再为整夜失眠而快快不快了！

难怪！全国人民都到北京看病！这里的医学和医术是顶尖级的！上苍何其厚我！可是两个人都在这里住店吗？那是不行的。

来京的第二天，我先生就迅速地抢到了回程车票，车票是五天之后的一趟晚车。他只陪我在这里住了五日，就回去了。

之后的日子，就我一个人，孤零零地走在北京的大街上，看到北京的车水马龙，我就开始胡思乱想。许许多多的往事涌来，许许多多的现实不敢正视。纵横看，我的小半生，一事无成，我的成绩就是我生养了一个儿子。除此之外，碌碌无为，白活一回了！我觉得不甘，可是现如今，自己身为一个患者，我敢想什么呢？

此时，忽然想起那次算命的经历，想起算命先生说的话，哑然失笑，不幸被他说中了！我打量着自己，起码现在的我，要小心不安地过日子，要细心地数好包里的每个铜板，要服中药，要吃饭，我要有个安身的地方。

我躺在旅店的大床上，看着房顶计算着我的食宿费、药费、车费……

北京印象

　　若干年后，再谈起北漂，我由衷地感慨，其实多亏了那场病，如果不是那场病，我不会和北京有那么深的渊源。这经历，有点像转世的爱情，要么和它擦肩而过了，要么和它相遇了；要么就此有着不解之缘，要么就此转身，再无什么交集。但是就在那一时刻，命运掉转了方向。

　　命和机缘，有时让人不由自主。据说王羲之曾经想重写《兰亭序》，想去掉那些涂改，可是，居然再也不能了。有道是，时间不早不晚就定格在那里，刚好写就的那一页，就是最好的！

　　在北京就医的过程中，我暗暗嘱告自己，内心要平和舒缓，不挣扎、不纠结。内心平和了，大病才会痊愈。

　　翌日，我把我和先生住的房费结清了，我要给自己找一个更便宜的旅馆。六十元钱一个小单间，无窗，很干净。老板彬彬有礼，他说："您休息吧，您恐怕很难找到这么舒适和便宜的地儿了。"京腔京韵的儿化音，一口"您，您"地叫着，让我倍感亲切。

　　我把东西放下，只吃了一个面包就睡去了，人沉沉睡去，踏实了许多。醒来后走出旅馆，慢慢地走在京腔京味的胡同，以前来北京，是走马观花，是一知半解。那时仔细端量这个超大城市，眼睛和心一直被撞击着。人海、车流、高楼大厦、地铁、红墙碧瓦、淅淅沥沥的雨、天边的苍云，一切都那么鲜活而有生命力。我仔细地打量着北京的天和地，还有过往行人……

行走在这茫茫人海中，犹如一粒尘埃。

北京太大了，它庞大无声，寂寞而匆忙。

地铁列车撞击铁轨的隆隆声，马路上，川流不息的车河……

熙熙攘攘的人流，各种口音的人群，旅游的、淘金的、寻求发展的、上班的和赶路的都是一路小跑着。这里有大学、大街、大企业、大剧团、大机会、大风大雨，人们总是忙得不亦乐乎。

地铁里奔走的女孩儿，我几乎没有看到穿高跟鞋的，她们穿一双旅游鞋，健美的两条腿不停地往前奔着，速度之快也是我没有想到的，还有那高入云端的写字楼里聚集着多少精英和白领……

我呆呆地看着，看着她们疾步如风的样子，看着她们思索的眼神，看着她们不一样的状态……我觉得自己就像个十八世纪的小脚女人，四十岁的我，此刻如同刘姥姥走进大观园，北京和北京人的速度让我目不暇接。

有人常常问我："你都爱北京的哪儿？"

我这样回答："我说不出我不爱北京哪儿，因为直至现在，我还没发现北京有什么地方让我不爱。我爱它的优点，也包容它的缺点，我爱它的相貌堂堂，也爱它的小桥流水和铺天盖地的花朵。而我所历经的艰辛，到现在为止，它已成为我人生经历中最宝贵的东西，那便是更爱了！"

北京曾为辽、金、元、明、清五朝帝都！名山、森林、草原、溶洞、温泉、湖泊不一而足。不要说故宫、天坛、北海和颐和园了，就是每个砖缝、每个胡同、每个地名，甚至一道咸菜、一块点心都有悠久的历史。

无尽岁月，悠悠我心，北京的好我说不过来，在这个世界上，老家是我的眷恋，北京是我的最爱。

北京医好了我的病，它让一个健康而朝气蓬勃的我回归家乡。

旅馆经历

有一句话叫"在家千般好，出门事事难"。

住六十元一天的小单间，我依然嫌贵，过了几日我又换地方了，这个地方在郊外。

三十元钱一个床位，地下室，我很高兴能找到这样一个住处。

走进地下室，黑漆漆的过道，无窗的小屋，大白天也要开着灯，斑驳的石灰墙有潮虫在踽踽独行。

但是即便是这样的地方，也是很难找的。

连日来，我几乎逢人便打听，读报纸，看电视，多留心小广告，那时北京的电线杆上，间或张贴着小广告。我急于找到住处，我要把自己安顿在一个更便宜的地方住下来，在北京，必须考虑自己每天的消费问题。

这天回旅馆，已很晚了。我坐在床头，一根一根地挑着捧在手里的泡面，有一搭无一搭地往嘴里送着，只吃了半碗就撂下了。我心有所思，却又似什么都没想，呆呆地看着窗外。

太累了！

我从医院回到住处，整整用了五个小时。相当于我在老家时不但跨省，还出了东北，再给我一些时间，就到山海关了。

新的环境、陌生的人、病中的我，想好好地睡一觉，然而真正躺下来，却难以入睡，眼前的一切像过目的电影。想家、想家里的饭菜、想家里软软的大床、想儿子、想小城的街道。想自己采访时一件件笑破肚皮的往事，想自己来北京后发生的一切。似睡非睡中，不知自己身在何处，使劲掐了自己一下，才觉得现实真实存在。

我在想，我明天该如何？

回家吗？我太害怕再度困顿于病痛之中了！不回家吗？留下来怎么办？北京是什么地方？皇城根寸土寸金！住处和吃饭，都是亟待解决的大问题！翻过去睡不着，倒过来还是睡不着。

半夜我给我先生打电话，把睡意蒙眬的他叫醒，我说："我回去。"

他说："为什么？"

我说："不行，住的地方太贵了！就算是住便宜的地方，什么都算上也是非常贵的。"

他说："你听我说，千万千万不要回来，钱的问题你别惦记，坚持治好才是重中之重。"我们的电话就这样结束了。

躺下来，累，浑身哪儿哪儿都疼，又要上厕所……因为这样价钱的旅馆没窗、没空调、没卫生间。闭上眼睡不着，睁开眼是满腔的心事，像一团乱麻。不知什么时候，迷迷糊糊地睡着了，然后又被一阵阵吵声和哭声给弄醒了。

临床是一位四川妹，咿里哇啦一顿哭诉……

实在听不清她说些什么，可她总是无奈地"啥子，啥子的……"哭声感染了我，我瞪着房顶再也睡不着了。

现在才觉得屋里的气味是那么令人窒息，不通风造成的霉味、烟味、人的体味，还有说不清的复杂的气味。

外面有咚咚的脚步声，洗脸的声音，还有人在哼唱。接着我又要去卫生间，折腾到后半夜才睡。不知多久又忽然惊醒，觉得脸上和脖子上有东西在爬，吓得我霍地一下子坐起来，惊魂未定。我甩掉床上的被子站起来，被子落在四川妹身上了。四川妹嗷的一声惊叫，大家都醒了。一个粗声粗气的女人声音响了起来，她骂道："是谁呀？精神病吧？"

我开了灯，掀起床上的褥子，再一看，十几只大个儿的蟑螂正从被角慌张地逃去。我惊叫着将褥子掀走，褥子刚好打在刚才骂人的女人身上，然后我踉跄地逃到墙角。

中年女人把我的褥子撇到地上大声说："大半夜的！找抽还是找死啊？！"

我惊恐地大喊："蟑……蟑螂！！全是蟑螂！"

中年女人大喊："没见过蟑螂啊？我当是啥事儿呢，有必要这么大惊小怪吗？！"

连日来的疲惫，胃肠的不适，我跌坐在地上，一阵恶心，然后我慌张地逃往卫生间把胃里的食物几乎全呕出来……

当我回来时，其余五张床位上的人，同仇敌忾地瞪着我，那脸色像是我挖了她们家的祖坟一样。不同的口音，发出不耐烦的斥责声。四川妹因蟑螂问题而转移了视线和心情，用四川话叽里咕噜地骂我，我一句也没听懂。

我无奈地拾起我的被子褥子，找来服务员，央求她能不能给我换个房。

服务员睡眼惺忪地看着我冷笑："怎么了？"

我低声说："你看这大大小小的蟑螂，都排成队了，请你给我换一个

屋吧！我需要休息，我都好几天没吃好也没睡好了！求求你！"服务员
一脸冷漠。

她懒洋洋地直视了我半天，然后不紧不慢地说："我当是什么事呢，
不就是几个蟑螂吗？将就睡得了，农民工还这般矫情！"

此时此刻，"农民工"三个字把我激怒了，我平静而镇定地说："农
民工怎么了？农民工就该死吗？！"服务员爱理不理地推门走了！我追
上了服务员说："农民工就该睡满是蟑螂的屋子是吗？"

听见了吵声，老板闻讯赶来，赔着笑脸说："对不起，女士，我们
的服务员不该这样对您，我们的条件也确实有些差，我们得改进，我们
一定得改进对吧。我替服务员向您道歉，可是您要换房不行，现在实在
是没房啊，您看看您能不能住，不能住的话您可另行方便！我祝您愉快，
好吗？"

我被这彬彬有礼的话噎得眼泪含在眼圈，却什么也说不出来。老板
和服务员走了，屋里其他几位室友像中了奖一样爆笑起来。

我内心的怒火熊熊燃烧……

我将一个空塑料盆子踢翻，盆子撞在墙上发出砰的一声响，笑声停
止了。

我大声说："有什么好笑的？有这么值得笑吗？"

屋里鸦雀无声了。

有人小声嗫嚅地说："不就是几只蟑螂吗？我以为要了命呢！"

我理直气壮地说："可是蟑螂，蟑螂就不能和人一样一起睡在床上！"

临床的室友大笑，嘲弄地大声说："那怎么办？你想和谁睡在一张床
上？"接着又是一阵爆笑。

我忍着一言不发，是啊，我在想，北京为什么会有这种地方？后来

我才知道，做这种生意的都是外地人，他们偷偷地把房子租来做二房东。然后一个床位一个床位地再租出去，就这么赚着黑心钱。

我无语地关了灯，以前不知道什么叫北漂，今天才知北漂的痛点！无疑，这屋里的人，都是漂到这里来的。不同的意愿，不同的目的，不同的心境，不同的麻烦。她们其实比我更苦，直到那时我才理解北漂人是多么不容易。

就在这黑暗中，我静静地倚墙坐着，听着外面车水马龙，我依旧没睡，就这么坐了很久很久……

这一坐就像坐了一辈子，就像坐了一万年，就像自己忽然坐成了一座雕像！

就是在此夜，给我的认识足够深刻，曾做了那么多年的记者编辑，曾也是在工作中风风火火侃侃而谈的一个人，自以为了不起，其实自己什么都不是。这深邃的一课，这透彻的一课太及时了。

在北京，不论你来自什么地方，你干过点什么，要耍点小清高吗？！对不起，在这里人才济济。

抑或你初生牛犊不怕虎，你依仗年少对什么都不屑一顾，要耍点小轻狂吗？！在这里没有人理会你那点小把戏！

身为北漂，每逢迈出一步，都在提醒着你，你的日子还远着呢，路还长着呢，历练得还远远不够。

我一遍遍地在内心痛骂着自己的懦弱。

我把自己骂得狗血喷头，直到骂得累了，再也骂不动了。半夜两点了，我平静地躺下，虽然还是睡不着，但我真的平静了，人啊要到什么时候说什么话，逢山开路，遇水搭桥。这聊以自慰的催眠办法，真是出奇地管用，我呼呼睡去，直到睡到自然醒……

有一件事值得一提，从那以后，我的饭量极好，我觉得什么都好吃，不论在什么样的环境里我都能睡得着。

在酒仙桥的经历

后来，为了长久之计，我在酒仙桥租到了房子。有了自己租的房子，就可以自己熬中药了，减少了费用，药效也好。

我居住的小楼，在酒仙桥的七街坊，它应该是新中国成立初期落成的。通体灰色，陈旧得像一部线装书。木制的楼梯，踩上去有吱吱呀呀的响声。二楼一个房间，六平方米，屋内有一张单人床、一张小桌，月租三百元，这就是我的小屋。二层五户人家，共用一个厨房和一个卫生间，晨起，去卫生间大家都要排队。公用厨房是几户人家的聚散地，在短暂的厨房时光里，大家会一边做饭一边聊上几句。

清楚地记得，南左门邻居是一对夫妇，带着宝宝，三口人，也是北漂。女士在物流公司工作，她一口气买下了九十二平方米的房子，地点就在东四环，我真心地为她开心，更是由衷地羡慕。

羡慕归羡慕，现实归现实。有一次，也适逢一个机会，我去了姚家园和东坝，才知那里的房子一平方米才一千七！我立刻动了心。可是思量再三，犹豫了，再之后就错过了良机。

居里夫人的话是多么睿智："弱者坐待良机，强者制造时机。"

我的病处于巩固时期，身体好了，对生活信心满满，当时也就对买房之事没过多在意。

为了钱宽裕点，我东跑西颠地在找临时工作，哪怕打扫卫生都行。我一边感受北京的文化气息，一边感受它对一个外地人的重重考验。

北京总是花开不败，古老的坝河上种植着一丛一丛热烈的月季。我常常去街角吃五元钱一大碗的重庆小面，偶尔馋了，还去对面的小店买麻辣藕片和鸭脖。辣得眼泪都流出来了，可是还是想吃。吃饱了，喝足了，我眯起眼看天外那缕紫色云霓，想着自己的心事。如果也能在这里找份工作该多好，这样就可以弥补我在治疗上的支出和不足了。

走在街上，是一面一面灰色的墙，一片片绿色的瓦。梧桐树下，京胡管弦之音丝丝入耳，人像是在电影里。微细的雨淋湿了我的头发，似清醒又不清醒。古老的坝河是通往京杭大运河的通道，坝坡上长满了萋萋的野草和灌木。我故乡的后街边也有一条大坝，那条大坝是通往松花江的。

"丁零零……"一串自行车的车铃声响起……

每天，骑自行车晨练的老头儿，准时经过我的窗前。他每日像钟一样准确，他的车铃声一响，正好是早晨6点。据说他是位退休的老干部，而我这时已经吃完早饭，跑到418车站排队了。因为要去医院排队，分分钟不得有误。我向邻居小声发问："他是哪个部门，怎么也在这地方住啊？"

大爷身着中式烟色衣服，手里不停地转着核桃，听到了我的话，看了我一眼，不紧不慢地说："这地方怎么啦？哪个部门的住在这儿也不奇怪啊！"

我吐吐舌头，不敢再言语。刚来到这里时，我对一切皆感新奇……

为什么这地方叫"酒仙桥"呢？我对此深感不解。

后来才知道，其名最早源于当地一座"九仙庙"，"九仙庙"始建于清光绪年间，是墓地守护人荣恩祥等人捐资修建的祭祀寄骨的安神庙。

那时的酒仙桥，属于京城边上的荒郊野外，很多清朝官宦的坟墓集中在这里。看坟者大多为满吏旗役，他们都住在墓主家为其盖的房子里，携家带眷，世代居住于此，逐渐形成了村落，如现在的夏家坟、崔家坟、高家坟、王爷坟、小白家坟等等。北京带有"坟"字的地名非常多，大多数之前都是墓地。

其实酒仙桥一直非同凡响，还有许多名人也在这里居住过，王蒙在这里写完了他的《青春万岁》。

798艺术区、电子城、中国铁道博物馆、中国电影博物馆都在这里，还有将府公园春天里满园子的二月兰和蒲公英，辽阔养眼，在那样的天空下，真让人难忘。

可是一晃已经去日良久……

北京的酒仙桥，是我北漂时曾居住的地方。如今那老街还在吗？2021年5月9日，我又一次去了酒仙桥。

出了地铁，乘988路公交车，就到了酒仙桥中心小学，然后是我居住的七街坊15号楼，苍翠的槐树，灰色的墙体，再往前走，应该是街角的那个重庆小面馆，可是小面馆如今不见了。当我转身时，忽然想到这里当年的样子，就是这样的天气，就是这样淡蓝色的天空……

十多年未见了，旧楼居然没拆，居住的都是陌生人。人流、车辆、云朵似乎都无变化，老槐树挥动的风如常，掀动着我以往的岁月。可是我是人流里的一个细胞，不会有人注意我，也不会有人注意我的来去，内心虽波涛汹涌，但其实三言两语就讲完了。依旧记得隔壁飘出来的音乐，是一首老歌《遇见》。

听见　冬天的离开

我在某年某月　醒过来……

报社解散了

　　我的病好了，正当喜不自胜的时候，我收到一个大信封。

　　打开，才知是我们报社最后一期报纸，我们报社的报纸停刊了！四十七年的报纸，四十七年的坎坷，四十七年的欢乐，为县城积累了资料、史实，这种可以反复阅读、互相传看，不受时间、地点、条件限制的最方便的新闻媒体，停止在 2003 年 12 月 15 日。

　　我不太相信我的眼睛，我仔仔细细从头到尾，一字不落地通读了一遍，才认定了这个我不愿意承认的现实。

　　于报纸的中心位置，刊登了我们报社全体工作人员的照片，下面一张照片是我们报社编采人员的照片签名，主题是"再见了肇东报！再见了亲爱的读者"。

　　我的泪水不自觉地淌了下来，我赶紧给爱人打电话，电话接通了。我先生说："赶紧回来吧！报社停刊了，你们还不知上哪儿去呢，涉及分流、上哪儿去的问题。"

　　我的报社没了！眼前又浮现了我们报社的画面，一排淡黄色的小平房。在这排小平房里，集中了全市最优秀的新闻工作者。这是小城八十万人口唯一的舆论工具，每周三印刷出版。散发着淡淡油墨香的报纸，就从这里准时送到全国各行各业的读者手中。

　　《肇东报》周三刊，全国发行。从领导到采编，再加上印刷厂的工人大约四十人，人们早茶时要读报纸，无聊等车时要读报纸，上了年纪的人一整天都离不开手中的报纸。此时我的心情震撼而悲戚，有点像个没娘的孩子，无论我是病假，还是我去了哪里，我依然忘不了我的肇东报社，擦了擦泪水，收拾好行装，我乘上了北去的列车，我的北漂生活就这样告一段落。

北漂的感觉

我的北漂岁月结束了，时间很短，但那种体会和感悟却是一辈子，抑或是一场懂得和遇见，我把它叫作运气。

2006 年之后，我开始写长篇小说《我的青春在北漂》，之后陆续在天涯发表。现在读来，写得不好，文采也不怎么样。可是点击量竟达 60 多万人次，可见北漂和关心北漂的人，并非我一个。那隔着荧屏的朋友啊，我一个也不认识，但他们却给了我莫大的勇气和力量。

那时，夜慢慢地来了，一盏昏黄的小灯伴随着我，我坐在一台老惠普电脑前，回复着他们的留言。我忘记了时间，忘记了昔日的那些风雨和悲喜交加。令人感慨的是，那些文字在时间的荒漠里并没有化为粉尘……

之后的日子，我又写出了散文集《别让你的世界太拥挤》《有知己相伴》。两部散文集，虽然不是北漂的经历，却都是北漂之后的一场场灵魂遇见。

你知道中药"熬"的过程是怎样的吗？

那"熬"的过程，具有强烈的"仪式感"，汇聚了大自然里的根茎、叶、种子。那种融合、排列、组合，散发出让人心安的药香。

比如，甘草百搭，而黄芪就像驰骋的骏马，陈皮干瘪皱缩……每当看到中药铺那一格一格贴着中药名的盒子，我都十分感慨……

初到酒仙桥的日子，我每三天就熬一回药，坐在五家共用的厨房里，一个人孤孤单单，沉默地熬药，病痛磨砺出了好脾气，从未那么有耐心过……

看着炉火蓝色的火苗，看着药汤沸腾起来，闻着空气里清香的味道，我捧着黑塞的书，读着日光、读着那生活的琐碎，然后把药汤逼出来，沉默地吞下。每日都像完成一天的作业，每一道程序都不能忽略，丝毫都不敢怠慢。

我怀着一颗虔诚的心，抓好中药，捧回家，打开火，小心地盯着药罐，慢慢地熬……

我被为我治病的那位教授深深折服，深深地怀念他，也不知他去了哪里。他给我治病的整个过程中，我们并没说太多的话，他的微笑和高超的医术，我这辈子都忘不了。

令人肃然起敬的医生！

令人肃然起敬的中药！

令人怀念的北漂日子！

令人崇敬的祖国首都北京！

"熬"出来的是什么呢？是滋味和魅力，是经历和精华，"熬"制中药的过程多像人的一生！

北漂时，我几乎没结交什么朋友。

在北京有几家亲戚，但我不愿意给别人添麻烦。小雪是我的姨妹，当时她住在东三环，偶尔去她那里闲逛聊天儿。我们俩窝在床上，腿上搭着粉色的小绒毯，漫无边际地聊天儿。那是个洒满阳光的日子，她做的红烧肉和啤酒鸭最好吃……

有位黑人邻居，她叫比尔，来自美国，在北京教英语。一次在公交车上认识的，她没带卡，又没有零钱，我替他付了一元钱的车费，就这样认识了。

开始以为她来自非洲，头发上绑着无数小辫子。在一家外贸服装摊子上，我们俩疯狂地抢购打折商品，她拽着一堆衣服，试了让我看，那天我像是她的镜子。

她说："好不好看？"

我惊讶于她一口地道的北京话，说："好看！"

后来才知她竟然是我的邻居，就住在我的隔壁，后来她去了上海。淡淡的友谊像淡淡的雾霭下的迷迭香……

真切地问自己，我都爱北京哪儿？

北京城是那么美，它美得令人震撼……

春夏秋三季，北京花海汪洋，大街上各种花儿开得那么忘情，真的是难以用文字表达，它们比肩接踵汇成了一条彩色的河，把如蚁的人流都淹没了。那白色的玉兰花，粉色的樱花，白色的梨花还有成为花海和花带的月季，我都见证了它们的美丽和纯粹！雪花稀疏的二月里，蜡梅花忘情开放，看一眼就会让人感动得落泪……

不要说红墙碧瓦的皇家气息，不要说每个地名的神秘牵连着一个个几百年的老故事，那多元文化的交错，那高耸入云的大厦都是美到极致的。北京的步伐虽逼着你，但它也成就你。

在大型媒体工作的经历

得这样说，我和北京的机缘还是未了，退休后，我又来了北京。

那日收到一个应聘的信息，竟然是一个大型媒体节目组给我发出的邀请，我被录用了。欣喜和兴奋都不足以表达我的心情。无论如何，我必须试试这个工作，我希望自己的人生里有这么一段经历。

新的工作是在某电视台的一个节目组做文字编辑。

那是多么令人瞩目的地方，能在那里工作，这辈子也算值了！

微风习习，阳光明媚，走在宽阔的长安大道上，路牌上写着一连串熟悉的街道地名。翠微路、万寿路、西翠路、五棵松、永定路，长安街与西三环路交错处是公主坟。据说这里原是嘉庆皇帝两个女儿的墓地，后来建地铁时，辟为街心绿地。

我面试通过的那天，高兴得忘乎所以。回到出租房，把自己的小家翻了个儿，统统收拾了一遍，堪比挖地三尺！心里暗暗地想，一屋不扫，何以扫天下！我买了一个雅致的抱枕，又买了一盆蕙兰，蕙兰开着灿烂的花儿，放在我的写字桌上。我给自己买了一件雪白雪白的衬衣，这样搭配淡蓝色牛仔裤最合适不过了。

日子变得喜气洋洋！我想奖赏一下自己，就去了街角的那家成都面馆，为自己要了一盘"好事重重"，其实就是基围虾两吃。我看着窗外，内心喜不自禁……

真的是去了这家电视台工作吗？其实不是。更确切地说，是在这家电视台的一个节目组承包的一个栏目工作。

我被这个栏目的承包人聘用，在这里做文字编辑。以前我绝不会想到这样的电视台还会有外包，其实这是再平常不过的事情了。所谓栏目承包，就是电视台把一个时间段，给想要承包的人去做。当然栏目选题一定要经过台里严格审批，还要有一定数额的承包费用。

比如说承包了二十分钟，但是你可以做十八分钟的节目，那么还有两分钟可以用来做广告（这就是制片人的主要收入）。于是制片人一定要雇用编辑、广告和业务人员去做这些事情。

这么说吧，这样全国瞩目的电视台里的知名主持人，是临时工的也大有人在，而外包的节目组几乎都是临时工。承包人所拉的广告越多，制片人的收入当然也越高。也就是说，制片人的广告收入减去制片人承包的费用就是他的盈利。当然制片人要算成本，他要把费用降得越低越好。

所以我的这份看上去很令人瞩目的工作，其实也很辛苦，虽然我是编辑，但也兼校对工作。同事来自全国各地，工作地点当然不在台里，而是在昌平，距离我住的地方很远……

工资挺有吸引力，就是累，常常加班。严厉的老板赶场似的上下班。中午吃饭要跑出很远，疲倦得恨不得躺在马路上就能香甜地睡着……

我每天来去要换好几趟车，挤到单位得两个多小时，回来三个小时，每日在大巴车上摇晃五个多小时。但再苦再累，我还是非常看重这份工作！人，谨言慎行；工作，一丝不苟，一切井然有序。

这段经历很短，被头儿痛批了一次，因为一个错字，后来再不敢犯迷糊。严格遵守上班时间，看稿子就如同检查试卷。乘公交、挤地铁、健步如飞。吃大排档，回到家，抱着膝看月色，也不开灯，似锦繁华的夜，一个人慢慢消化工作和生活带给我的一切压力。

和同事们很久才熟起来，有的直到分开也没有过什么深谈。林林总总的不易，匆匆忙忙、来来往往，日复一日，烟火人生，大家各忙各的，彼此都无暇顾及交流感情。

我只参加过一次编辑部的聚会，在西四附近的一个小店。小巷深处，吃日本料理。几个人，柔和的灯光，舒缓的音乐，来自东南西北的几个同事闲聊着。大毛是陕西的，杀猪汉是东北长春的，小灵通是湖北的，我是东北黑龙江的。

杀猪汉（这是他的QQ名）举起杯子说："青春所有的岁月都是最好的岁月，无论今后何时，我们大家彼此珍重！"然后大家一饮而尽！

小店的隔壁是一家琴行，名字叫云归，小提琴拉得如泣如诉，当时演奏的曲目是伍佰唱的《挪威的森林》……

后来因为节目组搬迁，又因节目到期，我辞了职，告别了那里。在我的长篇小说里有过详尽的描述，其实现实生活中这段时间很短，体会却比一辈子还深。

在北京短短的经历中，我曾有过心酸的经历，也曾有过值得骄傲的经历。在北京活得没有在故乡安稳，但却很辽阔，很阳光，很通透，更有一种无形的力量推动着我前行。

因为北京是人才的海洋，是万花筒的世界，它广阔无边而又多姿多彩。

有人不止一次地说："你这不是北漂，你是来京体验生活了！"是的，就是这种体验终于让我明白，北京有北京的优点，无论大事、小事，没有几件事是不用排队的。排队的同时，大家心平气和，大家平等地穿过地铁，平等地迎着阳光和风雨成为一个更优秀的自己。

一别几年，那些已经是从前的事了，想想往事历历在目……

在北京，半夜十二点还车水马龙！

青紫的天空下，西四小街，人流熙熙攘攘。邻座女孩流下成串的眼泪，大约她失恋了。她为失恋而哭，而我正为没地方住而愁，玻璃瓶、冷啤酒、钢琴声……

那日我捧着几本打折的书，路过一家大排档，要了一碗麻辣烫，慢慢地吃。一个个画面，现在依稀记得。大排档的小条桌旁，有画家、有二流演员、有流浪歌手、有西服革履敞开怀的房产销售员，嘴对着啤酒瓶豪饮……

歌手在唱《一条路》：

一条路，落叶无迹，
走过我，走过你。
我想问你的足迹，
山无言水无语，
走过春天，走过四季，
走过春天，走过我自己……

多年后，我在北京定居。

第三章　原生家庭的经历

松花江北岸是肇东

一

雪如同丝绵，成片地飘下，整个视野如天地初萌，又像巨大的网，网住了整个世界。置身于这个白色的世界里，没有声响、没有行人、没有语言，只有我一个人走在这茫茫大雪里。

流年岁月已逝，如今已拼不出当年的五味杂陈，可回眸却像梦一样！暮色残阳下，童年的我踽踽独行，风吹着滚草，也吹奏了云上的黄昏和远方的雪线深情。

家在什么地方呢？我将所有遇见握于笔下，堆叠的往事，幻化出一纸又一纸写完和未写完的只言片语。我沉默地浏览，视野里的一切像过目的电影。

一望无际的平原，三十五万平方公里，全是黑土。少年时，我望着遥远的天际线，觉得这平原莽莽苍苍，怎么没有尽头。后来才知，它是地球之上仅有的三块黑土地之一，非常宝贵！我们国家这一块就是东北平原，我的家就在这东北平原的腹地，松花江的北岸，松花江的北岸就是肇东了，我在那里生活了整整十四年。

二

一个小村在世间矗立了多久？它有怎样的历史？一切无法考证。它的名字叫阎家屯，顾名思义，因姓阎的人多而得名。

我曾拜访过村里的长者，问之村史，无详尽说明。又查阅资料，晋代有阎亨为晋朝大臣，东汉的阎姬是汉安帝刘祜的皇后。二者都在中原地区，都与此毫无关系。

在一本书里读到，唐太宗的昭陵就是姓阎名立德之人设计的。民国时期，还有大名鼎鼎的阎锡山为晋系军阀首领。可见阎姓自古就是大姓，但都和本村姓阎的没有瓜葛。那么我的乡亲是哪里来的呢？后来得知，这里的人多数是闯关东客，大部分是从山东来到东北的阎姓人家，由此做了村名。

从小村往南走二里路，就是一条干河。它是松花江的支流。多少年前，它奔腾而来，多少年后，它又滚滚而去，无名无影无踪，之后神奇消失。没有人考证，没有人知道它去了哪里。后来就有了这片低洼的草原和湿地，大片的盐碱滩，百姓们管它叫"下坎"。

下坎为何意？

《易经·乾卦·彖》这样说："上坎为云，下坎为雨，故云行雨施。"即云飘过天空，雨普降大地，恩泽广布。原来我的家乡，是一片上苍惠泽的神奇土地！

这条大江消失了之后，留下了一汪清泉，距离阎家屯有六里路，也没名字，大家就叫它泉子，我姑且就叫它无名泉吧。

这无名泉就在下坎，下坎的岸上，有更多闯关东客集聚。他们开辟了荒地，营建了房屋。

阎家屯村村委会叫"复兴"，"复兴"这个词，出自冯梦龙的《东周列国志》，最喜欢冯梦龙的一句话——"门内有君子，门外君子至"，所以对"复兴"一词，倍有好感。复兴村没有祠堂、没有庙宇、没有宗族的标志、没有山峦、没有河流，有的是一望无际的黑土。

有一条大坝绕着小村，是人工开掘的，从此松花江水就引来了，它是小村和这片土地的红旗渠。复兴村所辖四个村，我们居住的阎家屯，距离民主乡政府十里路，距离县城肇东四十多里路，距离省城哈尔滨一百二十里路。

值得提及的是，复兴村后来改名了，叫民安村。

很早很早，村里的房子全是土屋和草房，墙体是土坯垒成，屋顶是芦苇苫成的，墙壁是黑碱土泥抹成的。这里的人们因陋就简，所有建筑材料不用花什么钱，是东北大地给抗寒的东北人最好的奖赏。

东北的冬天很漫长，漫长到整整六个月的时间，一个个清白寒冷的天，慢腾腾地过去。我从纸窗向外张望，常常盼望寒冬快过去，盼望流云千朵春风荡漾。

忽然，风儿暖了，小青狗汪汪的叫声，像午后的报时，芦花鸡咯咯飞过院子，那都是春天的气韵。卖豆腐的声音、麻雀的啁啾、担水吱吱呀呀的声响，都像最暖的星辰日月。还有蓝天下小村无来由的碎响，东南信风忽然来了，拥抱了所有房舍、树林和村庄。

紧接着，夏天来了，雨点描摹着村庄大地，我和我的伙伴们高兴极了。

少年的我常常高挽着裤脚，蹚着草地上的野花和露水，望着无边无际的原野，心里却装满对天际线以外的世界无边的猜测和幻想。想知道这天空、这草地、这太阳对世界意味着怎样的意义。

澄清碧绿的一大坝水绕村而过，从此小村人就有了天然泳池。大坝下面还有许多条相通的小水渠，如伏在田野里的小水龙，蜿蜒在田野深处。小水渠哗哗流淌，放学的孩子沿着小水渠归家，坝上坝下童语和笑声时时传来。这水一来，各种鸟儿就来了，有东方白鹳、丹顶鹤、白枕鹤、白鹭、白天鹅、苍鹭、锦鸡……

麦浪旖旎，长风浩荡，喜鹊、燕子、麻雀、黄鹂是常有的。我家就在大坝的下面住，曾经的执念和期望一如风吹散的故事，原来那就是我浓浓又碎碎的乡愁。

阎家屯附近有个黎明镇，黎明镇的名字原来叫兰亭。我只知道于浙江绍兴有兰渚，渚上有亭名为兰亭，王羲之提笔写下《兰亭集序》，并不知故乡兰亭二字因何得名。听老人们说，黎明镇最早有叫卖声嘹亮的买卖街，买卖街上有杂货店、有小学和中学、有酒坊、有车店、有小饭馆、有杂货摊子等。冠以兰亭这么美好的名字，该是乡亲们对它的热爱吧。乡野深处，忽见酒肆人家，人声鼎沸，是素坯中仅有的鲜亮，想想都很有意思。我没在那里读过书，我读书的地方是民主中学，后来是五站中学。只是曾在兰亭供销社买过枣红色的长围巾和一本诗集，至今还记得。

走亲戚也是常有的事，小姨家就在五站的南边，距离我家三十里路。

某年冬天，好像是初中的某一个寒假，和姐姐去小姨家。抄近路走，路过草原，路过无名泉。西洼子那大片旷远的荒原，极目天边，全是萧瑟的荒草和芦苇。在无名泉冰冻的泉面上捡到一部书，没有书皮，在残破的书脊上，才知道这部捡来的书叫《迎春花》，并且知道它是冯德英所著。把它藏在我的书箱里，下一个暑假，我把《迎春花》断断续续地读完了。

初中时劳动课很多，扒玉米，收小麦，也去了无名泉。

燥热的午后，小女生们蹲在无名泉边洗脸、嬉戏。然后大家窃窃私语，小声打听："你来那个了吗？"被问的女生红了脸，摇头，然后瞪了对方一眼说："你才来那个了呢！"紧接着就面红耳赤，她们又争吵起来。我站在一边，似局外人，惬意地看着微风吹拂无名泉，碧波荡漾……

母亲也给我做了小内衣，彼时穿上小内衣，心有异样，对身体些微的变化，朦胧、羞赧，又满怀期待。

韶光里发育的小女生们，时而窘窘的，来了月经，就被视为最羞耻最难堪的大事件。大家都心照不宣，生怕被定性为坏女生。即使来了那个，也一定是守口如瓶的，像是隐藏世界最不可见人的秘密一样，绝口不提。

大家都穿着妈妈给做好的紧身小内衣，再稳妥地穿上外套，那时小内衣成了每个女孩儿不可或缺的安全感。我站在镜前照了又照，才肯放心地跨上书包上学。

也不知无名泉是否照见了那群小女生和小女生们的青涩，还有无端的烦恼。曾经走在儿时的空巷，玉米林、雪路逶迤，如置身时间荒野。《少年，少年》的音乐还在青青的校园散发着清香，可烈日当空下，那素颜照一转身就变成他年他月。有人说："无论多么落寞和苍茫，那些身影总会过目不忘。"日后当我送走一轮又一轮红日，总是无来由地想起十三岁时光……

三

我们家为什么要定居于这个小村呢？

是因为这里粮食多，不挨饿。

父亲说当年黑龙江省，即便在国家三年困难时期，都很少有饿死人的事件发生。乡村四野，广阔的黑土连着黑土，广阔的玉米林连着玉米林，广阔的麦田连着麦田，广阔的大豆高粱地连着大豆高粱地。马铃薯紫色的花弥漫成海，加上犬吠鹅声，虽无溪无水也皆成诗了。

我们家就安顿在这样一片神奇的土地之上，一首广为流传的东北节气歌时而闯入耳畔和心中。姐妹兄弟七人，就长在这样一片土地之上，大地辽阔，阳光普照，原野青青。经历了风风雨雨，也经历了小孩子间的打骂和欺凌。阳光与泪光里映照的历史和人世间生动的悲喜，都是如幻觉般地展现在眼前。

我们家的右邻姓胡，是一位善良的女人，我们叫她四姑姥。左邻姓汪，三口人，男子有些跛，女人是哑巴，女孩儿叫丫丫，他们家是生产队的五保户。母亲常常在深秋里，和四姑姥一起帮丫丫家糊窗纸……

那时有生产队，学校有农忙假，农忙时节，学生们都放假，去生产队劳动。

我那年十二岁，五年级，要随着大人们一同到生产队，到田里干活，每个劳动日挣七个工分，我的工作是往土里撒种子。

大人们能挣十个工分，十个工分能赚到一元钱，而我做的是七个工分的工作，能赚到七毛钱。假日里的我，每天清晨都被生产队苍凉而悠远的钟声叫醒。

早春时节，风掀动土粒和落叶，天又冷风又大。凌晨四点，生产队的钟声就准时响起来，那钟声穿过村子，穿过整个原野，热烈而焦躁。

那时极讨厌这钟声，因为钟声响起时我睡梦正酣。无论如何，懵懵懂懂中，都要随着大人一起去田里干活。

村长黑黑的脸从来不笑，一根一根地抽着旱烟，背着手，走在最前头。后面是一群社员，我和香子跟在后面，我俩小声嘀咕，不敢骂队长，就骂着这苍凉的钟声。

香子说："这叫魂儿的钟声晚响一会儿都不行！"她打个哈欠后就反复骂这一句。

到了田野里，大人们用铁锹刨出坑来，我们就开始撒种子，这活简单，却很累，这是播种的第二道工序。前面有浇水的赶着，后面有培土的追着，所以不能怠慢，也停不下来，稍有怠慢大人就会严厉地骂你。

我追随着大人的步伐，开始了一上午的劳作。

歇一会儿的时间到了，腰累得又酸又疼。就这么躺在刚刚播种过的地方，伸一下胳膊，觉得休息一会儿真是幸福极了！

眯起眼看天，风停了，太阳出来了，天空瓦蓝瓦蓝，刚拱出地皮的小草冒着绒绒的绿。蒲公英金色的小花招来嗡嗡的黄蝴蝶，布谷鸟一声声暖暖地叫着，我的心也飞了起来，在这样的蓝天下，缥缈地飞去多好，做个《西游记》里的神仙。

村长一高兴就唱那首最好听的歌："太阳出来照四方，毛主席的思想闪金光，太阳照得人身暖哎，毛主席思想的光辉照得咱心里亮……"然后我们大家也跟着唱起来。

男孩子用水灌老鼠洞，一群伯伯、阿姨和大婶讲着家常。香子从兜里掏出一本翻烂的书，我们抢着翻看起来，一个蚂蚁和蟋蟀的童话吸引了我们的注意力。

第二天早晨，生产队苍凉的钟声又响了起来，不愿意起来的时候就对父母诉苦，可父母对我的话充耳不闻，我无奈地又被这钟声叫了去。

第三天咬牙坚持。

第四天学习小蚂蚁的精神。

第五天我就已经习惯了！

日后才知道，我们的每一粒粮食就是这样弯着腰，流着汗水，忍着疼痛，一颗种子一颗种子撒进去，然后才长出来的，它是多么来之不易！最终我们会明白，劳动就是很累很疼的事情，没有哪个果实会不经过劳动而轻易地得来。

刮大风的天是最难熬的天，小小的人儿既困又倦，风扬起土粒和沙尘，抽打着我的头发和脸，此时会像被风卷着走一样，飘摇、战栗。那时内心会感到世界已到了尽头，心会无端地伤感起来。

风停了，休息的时候会不着边际地想，等自己长大后，一定要有一间暖暖的屋子，我就在屋子里带自己的小孩。在夏天备足了粮食，到了冬天像小蚂蚁先生一样穿得暖暖和和、体体面面，好好地过日子。想着想着会忍俊不禁，羞耻之心油然而生，然后迅速地闪躲在人群里。

看荒滩上长着五彩缤纷羽毛的环颈雉，咻地一下飞走了；去找生长在旷野上的苣荬菜、小根蒜，这两种野菜都很好吃，挖上一小把放在兜里。紫色的晚霞下，我和一大群人荷锄晚归。村子里弥漫着乳白色的炊烟，归家的老牛哞哞地叫着，我一会儿走在前面，一会儿又落在后面。

下雨的时候还会拼命地跑雨，雷电交加，长空如撕裂开一样，接着大雨如注，男女老少不顾一切地拼命往家里跑，人们浑身淋透了。

下雨天是我最快乐的时光，是雨休，因为在这样的天气里就可以不干活了。

我便躲在家里，看《西游记》，一遍一遍地翻看，既心存幻想，又如醉如痴。

农忙假结束了，那钟声已不再叨扰我。我扳着指头一算，我没有旷工，每个劳动日七工分，都是满勤的，真的很有成就感。雨过初晴，原野干净湿润。春天的味道是什么？是累的味道，是忙的味道，是冰雪融化绽放一地繁花的味道，是咸涩汗水感受青春生命的味道，是种子在泥土里发芽惊艳整个大地的味道……

四

放学回家，一群孩子跑累了。大家坐在路边，女孩子拥挤在一起看手相，向着天空喊那支老掉了牙的儿歌……

一斗穷，

二斗富，

三斗四斗开当铺。

五斗六斗背花篓，

七斗八斗绕街走，

九斗一簸，稳吃稳坐……

我是十个斗，超越了儿歌判词的范畴，怎么办呢？

路边大婶走过来，悉心地给大家看手相。大婶将我的手握住，摊开，一个个地检查我的手指，然后咧嘴一笑说："你这个孩子啊，手相比稳吃稳坐还好咧！"同伴们惊呼，然后不屑，大家一哄而起，围住大婶，吵着让她看手相。我的心田似开了莲花，沾沾自喜。沾沾自喜后，乐颠颠地跑回家，想把这事儿告诉母亲，可是家里没人，大门锁着。放下书包倚坐在院子里的篱笆旁，眯眼望着白云，白云形状曼妙，我悠悠睡去。

风吹流年，长大以后，我发现我没有富，也没有开当铺，做了不折不扣的十八线的码字工。

从北窗常常吹来麦田的清香，我总是趴在那里写作业，喧哗的老白杨树日日摇晃，每一缕来自村外的风，似乎都要经它过滤一遍。

我突然窥望到后园子那边，几位大婶树下唠嗑的情景。给我看手相的大婶，坐在几个女人中间，大声地说笑，然后毫无顾忌地敞开怀，当街给孩子喂奶。彼时走过来一伙男人，走在男人们中间的高个子高声说笑："咋了？把你家的家底都翻出来了？白花花的！"大婶也不忸怩含糊，说："啊呸！我家的家底和你有毛钱关系？上别处凉快去！咸吃萝卜淡操心！"

人群爆笑，那高个子羞红了脸，早已逃了。

大人说话的意思，我不甚明白，那笑声都在村落路亭、夕阳水堤里散去。

五

初秋了，没粮了，可也没见人们怎么着急。母亲向我们喊："去咱自留地里掰点玉米棒子去。"我们去了地里，掰下来玉米棒子，搓成粒，然后去村里的碾坊磨成面。

一盘古老的石磨，让大家的背弯成了一张拉满的弓。长长的磨杆呈"T"字形，哥哥姐姐依次抱着碾杆，最后面跟着我。碾坊里的灯光昏黄昏黄的，磨盘溜圆溜圆的，天上的月亮显得银白皎洁。我们排成队，身影围着磨盘转了一圈儿又一圈儿。一会儿印在房顶，一会儿又被踩在脚下。终于磨成面了，脚步杂沓地端着回家。哥哥端着玉米面向母亲交差，我梦的深处，却留下一地月影清晖……

翌日，母亲把玉米面贴成饼子，咬一口清甜清甜的，这幸福带着自然的味道，劳作的味道……

村中有一口老水井，那是全村人的生命之泉。隔壁的四姑姥常常捂着腮呻吟："牙痛死了！牙痛死了！"她也不去找医生，就去井边抠一块冰凉冰凉的泥糊在脸上，却神奇地好了！于是这井真成了神井。村里人一旦上火牙痛，个个效仿，老水井被大家护着，大难之时，以备不时之需。

村邻们也打架，你欠我家一块肥皂，我欠你家两包盐，为此骂街互撕，直骂得天黑日落，嗓子冒烟。过了一年半载，彼此又和好如初了，因为一家人的孩子得了重病，患脑炎，大家都来看望。另一家把自家留着过节时包饺子的几碗面都拿了来，让给孩子做一顿最好吃的，可惜那孩子奄奄一息，已经吃不下去了。

然后大家围着孩子，坐在一起掉眼泪……

我那时很小，挤在大人的大腿中间，从缝隙里凝望着这心酸而厚实的村情。

我十岁时也得过一场恶疾，初为感冒，之后高烧不退，满眼幻觉。一天夜里醒来，忽见头上有通红的火苗，是妈妈蹲在我的头边，喃喃地烧冥币。病榻上的我，眼泪无声地流下。

　　不可否认，那时的医学医疗是落后的，可是落后的医疗条件下，人的心是暖的。最无助的时刻，父亲披衣起来，走了二三里地远，半夜拍开医生家的门，医生睡眼惺忪，背着药箱跟着父亲来了，那时大家都管乡下医生叫赤脚医生。

　　赤脚医生是个中年男人，高个儿，他给我量体温、听诊，之后给我开了一点药，对母亲说："你女儿患的是麻疹，全村已有好几个孩子得了这病，邻村已经死了一个。别吃任何消炎药，要让疹子发出来。如果三天后麻疹不出，高烧还不退，你们就抱她去县医院吧，我没有办法了！最关键就看这三天……"

　　医生走了，我们全家愕然……

　　北方的天，寒气十足。四月了，残雪未消，阴郁清冷，似乎还是一副桀骜不驯的脾气。窗外的寒风里，是瑟瑟轻舞的芒草，飞起的残叶。痴狂的西北风在窗上勾勒变化莫测的冰凌山水。苍茫天地，生命的过程本来就忽明忽暗，一旦得病，心情更容易阴郁。

　　不过第三天后，我的高烧就退了，麻疹出来了，我可以坐起来喝粥了，真是大难不死啊！

　　有一个小伙伴，站在我家的院子里对我说："你得病了吗？"

　　我点头。

　　我让她进屋，她不肯进来，说："我妈说让我离你远点！"

　　她顿了顿，又接着说："我妈说，得了麻疹是要死人的！你会死吗？"

　　此刻，我将探出窗子的头缩了回来，直面生死，茫然对视，不知所措。可是我有幸活了下来，惊奇发现，我母亲的头顶有了一根白发，父亲的头发日渐稀少。我害怕纸窗外叫得惨烈的西风，我害怕游荡在风里莫名的声音，我害怕死亡这两个字给我家带来突如其来的厄运……

走二里路就是供销社，上中学时常常途经那里。三间小平房，窗棂漆成宁静的蓝色。小小的铺面，摆着琳琅满目的商品，像个小宝库。基本上能想到的生活用品，都能在这里找到。最吸引我的是玻璃橱柜里摆着的小人书和中华铅笔。而我用的笔总是那种木头原色的铅笔，两分钱一根，而中华铅笔是一毛五角钱一根。

那样一支绿杆竹叶的印花铅笔，刻有华表商标的中华牌铅笔，曾经是我想拥有的宝贝，后来父亲给我买了一根，至今都记得用它写出来的字又好看又干净。

供销社的店员是位中年男人，白而瘦，细长的眼睛，整日穿着蓝色大褂卖货。大家都觉得他的工作特别好，在计划经济时代，这样的供销社遍及全国农村。供销社是政府经营，属于国营单位，所以能做供销社的售货员，也是相当有面子的职业。

可是最让我青睐和难忘的是，那时物品的质量都极优和上乘，几乎没有假次残物品。

我常常问我的母亲："那时酱油都是什么做的呢？那么香！"

母亲说："那是真正的粮食做的，是粮食的精华，所以它才香！粮食是什么？是一颗颗种子啊……"

母亲总爱切上生葱段、香菜、蒜末，再浇上鲜香的酱油拌面吃，那真是极品佐料啊！更有甚者，当时我们同学吃馒头爱蘸酱油吃，后来我也试着吃了一下，确实好吃极了。

每每母亲说"去供销社打一斤酱油"，我们便乐颠颠地跑去了，而那顿饭常常吃得津津有味，神采飞扬……

那时车马慢，那时邮件也慢，那时粗茶淡饭，那时幸福简单。温馨的时光很远，当我还眯眼凝望满天星星和月光，摩挲着冬雪夏艾的时候，时间的车轮隆隆作响，一切渐行渐远。

六

直到十六岁时参加全国高考，我才一个人去了县城肇东。

那时的肇东是什么样子？

夕阳下，雾霭蒙蒙，四道街、八道街，还有坐落着肇东市老政府的二道街古朴自然，绿色的邮筒、报刊亭立在大街小巷，空气里飘着县城特有的烟火气。它像一个有了些岁月釉面的老故事，陈旧和灰黄中，是宝贵的底蕴。小城唯一的高楼是三道街二旅社的二层小楼，大街上的人一律骑自行车，时而看见大街上穿绿色衣服的邮递员，风风火火地走街串巷。

读师范时，我信纸上的落款地址是肇东，然后是公社和街村。那重复的落款，伴随无数日子，无论风雨多变，邮戳和那一纸信件都一如既往，一个方向。

盼啊盼啊，爸爸写信极简单，惜字如金，简洁得近乎枯燥和吝啬，真是"江水三千里，家书十五行"啊……

祖国这么大，为何来到肇东？爸爸每讲起家史，说："因为这里的粮食多。"后来得知肇东市一直是东北比较有名的产粮大市。

毕业后，我在那里做教师、当记者、做编辑。在那里成长，在那里生活，在那里懂得世态炎凉，在那里成婚成家、买房生子，一晃就是半辈子。

还记得20世纪80年代中期的肇东，第一副食商店正红火，我先生托人买回肉，我们俩回家包的最鲜香好吃的水饺。还记得那年在正阳四道街北的生产资料商店买的蓝花瓷汤碗，还记得在三道街的肇东商厦买的红色毛衣，还记得在南三道街我曾居住的小院……还记得在二道街的粮食电影院看过的电影，阿兰·德龙的《黑郁金香》，那是我的城南旧事……

故园的一切，那么遥远，那么美好。想与不想，见与不见，它都刻在了心里。

原生家庭经历——童年写实

一

托尔斯泰说："幸福的家庭是相似的，不幸的家庭却各有各的不幸。"

去年回老家，一片开放着的姜丝辣突然闯进视野。九月，花儿铺满街道，如同一片泼洒的香雪，惊艳了我的眼和我的心。它就是姜丝辣，又名蓝菊。姜丝辣皮实，好养，撒了种子就活。它美丽而亲民，是乡村普遍爱种植的花儿。

在更遥远的时光里，姜丝辣和我悲惨苦难的童年交织在一起……

我们家的家庭构成，是我后来才知道的，是两个曾经破碎不堪、几经生死的家庭重组后的样子。为什么？道理很简单，为了生存和活命。父亲是某铁路车务段领导，妻子病逝，大姐和大哥无人照看。母亲曾嫁给一个地主人家，丈夫病逝，丢下母亲和三个孩子，分别是二姐、二哥、小哥，他们的年龄依次是五岁、三岁、两岁。这样两个家庭在不同的遭遇后走到一起，不能不说是机缘的造化。之后，母亲也去了铁路车务段，她在当时的车务段工会工作，然后生下了我和妹妹。

概括这样一个家庭，我只需这么一小段文字就完了，可是它背后的故事，无论怎样要而言之，都无法几句话说清。

2021 年，闻听我大哥的噩耗，我从北京回到老家，送走了他，回来后写下这样一段话……

多少过往，山一样，说与不说泪先淌。

是非曲直，兄弟一场，谁还记得多少伤？

阁楼里的窗，一抹朱红，是残落的夕阳，看久了像年画、像歌谣，像夏天里红蜻蜓的翅膀。

是谁的期望？

倒春寒已过，是哪年的麦香？

我始终相信血浓于水，

童年就在远方，如今都像烟花一样。

多少过往，山一样，老照片已发黄。

旧故里，草木深深，我似听到父母哀声长。

姐妹兄弟七人，是亲姐妹的，非亲姐妹的，恩恩怨怨此消彼长。

无论何时翻阅，无尽的岁月，喜忧参半泪千行。

原来那日子里所有的苍黄，我已写不出原稿的模样……

故乡的屋檐下，我不否认那曾有的风景把心照亮，

日子很长。

姐妹兄弟一场，谁能主宰上苍……

终归命里喝了孟婆汤，然后来到这个世上。

然后你成为某某人家的儿女，然后他成为某某人家的姐妹兄弟，集聚一堂……

一曲蚂蚁之歌嘹亮，悲辛交集成殇。

人生的意义，亲情原来最难唱……

二

九口人！七个孩子！不同的血缘，生活非同寻常。无论是你好他坏，还是他对你错，抑或大是大非，童年的日子全是江湖，全是人情世故。

每日似戏台，每个人、每颗心都有自己的想法，处处是机关，也处处有是非，想想，都像梦一样。

凡是有人的地方，就有三六九等，凡是有人的地方，就会有矛盾和不平。第一世界、第二世界、第三世界泾渭分明。我母亲向来重男轻女，二哥和小哥是母亲带来的，福祉自然天成，妹妹老幺，当然也是第一世界的公民。所以母亲对这三个孩子关怀备至，从来不打。

大哥和大姐也占据不可小觑的位置，这个位置的优越在于其所处的位置。一个做后娘的，想要维护这个家庭，一定知道什么是最关键的，什么是不关键的。后娘打非生子，一旦闹起来，容易引起诉病，会牵扯到家庭的大是大非，所以我母亲从来不打大姐和大哥。

剩下的就是第三世界的我和我二姐了，二姐漂亮，可是因为她是个女孩，我们俩就在这夹缝里生存。

童年的我，常常望着风掀动砂粒，隔着窗玻璃祈求来年吉星高照。可惜母亲依然故我，最后还是"已忍伶俜十年事，强移栖息一枝安"。

二姐呢，面对家庭时局，当然也不太会俯首帖耳。她看不管母亲娇惯小哥，就替天行道，抓住小哥的把柄就行长姐之风，母亲也因此常常打二姐。

曾记得，小哥把语文课本撕了，叠成"啪唧"（四角，一种纸叠成的玩具）。这事被二姐发现了，我们家怎允许如此过分的行为……父母不在家，二姐说了算。她用抽陀螺的杆子，把小哥打得滚成一团，在地上不断哀号。当时我吓得大哭，赤脚跑到邻居家，叫来林大爷，小哥才得以逃走。童年水与火的对抗，如同三侠五义，我常常瞭望着云朵暗暗发誓要快点长大……

哎，每个阴晴雨雪的日子，每个阳光灿烂的日子，都是这样。一幕幕经历在心底落雪，刻骨铭心。

金庸说，只要有人就有恩怨，有恩怨就有江湖，人就是江湖，怎么退出？

此去经年，大姐、大哥、二姐已经结婚，我是女孩里的老大了。忽然有一天，母亲向我宣布："你是家里最大的女孩了，从今天开始，你要承担起收拾家、打扫卫生的事情。"我的成人礼十二岁，就是母亲这样向我宣布的。孩提时光，对于妈妈的"政令"我沉默接受。

从此以后，十二岁的我跟在母亲的身后，扛起一家人洗衣服、打扫卫生的任务。被衬要一寸一寸地洗，脏衣服要一把一把地搓，打上肥皂，沁润一会儿，然后用洗衣板搓洗。每个早晨打扫卫生的活必不可少，每个星期日，洗全家人的衣服也必不可少。被衬洗过之后，母亲还要浆洗，浆洗晾干的被衬，还要用棒槌捶打，被衬被打得光滑而没有皱褶，盖在身上又冷又冰，寒窖冰天的感觉至今难忘……

我没有玩伴，沉默寡言，总是形影相吊。小小的年纪做这些，显然有些繁重，内心是不大开心的。但是为了换取家里的安宁，还是尽力地做着。渐渐这样的事情已经成为习惯，后来竟然也能乐在其中了。

我母亲爱花，也种姜丝辣。南园子里的北墙根种了一片，大部分是粉色。夏天微雨蒙蒙的季节，我常常蹲在园子里凝视盛开的姜丝辣，犹如看望一个沉默友好的朋友。静静的时光，没有任何人，只有我自己，我喜欢这花儿，其实也在怜爱着自己。

姜丝辣还未开的季节，小园里的黄瓜就开始结小小的果实了。于是兄弟姐妹们都盼着黄瓜快点长大，看谁能吃上第一根黄瓜。终于第一根黄瓜长大了，它看上去又脆又绿又香甜。母亲把第一根黄瓜摘下来，大家都分到了一块，可是到我这儿没有了。

母亲说："别急，再等上半个月所有人就都能吃到黄瓜了。"

我回转身，泪水已经抑制不住，任凭它肆意横流……

我们家里的规矩是很多的，来客人了，小孩子不允许上桌，客人走了方可吃饭。夹菜只许夹盘子里自己方向的那一小块，客人吃剩下的东西，小孩子们每个人才能分一点吃。

我和小哥都在距家十里远的中学读书，中午必须带饭盒。那日我是一天的劳动课，母亲当着我俩的面，就把昨日招待客人剩下的两个白面花卷，装进了小哥的饭盒。母亲全然就当没我这个孩子一样，我沉默无声，装好窝头和咸菜去上学了。这样的事，小吗？说小也不小，但是一个幼小的心灵却遭到极度的伤害。可是在我们家那是天经地义，悲哀啊！当时泪水盈满眼眶，类似的事，真是太多了！也不屑于再提，一直是这样，且理所当然。

我母亲有洁癖，所以她活得比谁都累。

星期日，我在洗杯子的时候，不小心打碎了杯子。

母亲直盯着我说："知道你犯了什么错吗？"

我不言语……

母亲提高了声音："不说话是不？"

我依旧不言语，转身就跑。

我绕小村跑了三圈，母亲追了我三圈。被她捉住后，一顿痛打。

童年时期，母亲总是能找出各种原因，骂我打我，而极多的时候，都是打得伤痕累累。那时我常常噩梦连连，深夜里缩成一团，然后哭醒。因为心受伤了，童年总是在噩梦里呜咽……

有一次我逃离了我母亲的追打，躲在一个邻居家的菜园里，猫在那里小半天不敢回家。那园子里开着一片姜丝辣，我第一次仔仔细细地端详着这花儿。它水粉色、娇艳、迎风而立，它真美、真幸福，没人打没人骂。我联想起自己，泪水夺眶而出，那天午饭也没敢回家吃，而且也没人找我回家吃饭。

宗宗件件，我严重怀疑母亲不是我的亲娘，想离家出走，走得越远越好，想去找我的亲娘。可是我的亲娘她在哪儿？我望着天尽头无声地呼号……后来既无望又毫无办法，再后来自己劝自己说："等长大了就好了，现在只要有饭吃、有水喝就行了，等长大了有了能力，就去找我的亲娘。"

再后来，在外面，在学校，别人欺负了自己，也不敢发声。回到家也从来不敢说，怕说了更会雪上加霜。因为孱弱的肩膀，扛不住那双重打击。每每被欺负都是忍耐，独自吞下那一桩桩屈辱……

姜丝辣点染的夏天过去了，冬天又来，春天又到。我内心不停地呼唤自己，未来一定可期，我像草一样皮实而坚强地成长。

三

可是不然，家总是会有不期的风雨倾盆降临……

那年月下放户都是不吃香的，我们家是从城里来的下放户。人性里向来有一种这样不健康的倾向，每个族群都排斥外来者。想要打成一片，谈何容易！不单是孩子落单了，大人也一样受排斥、被孤立，现在想想均属正常。融不进去的圈子，即便进去了，也是貌合神离。

父母常常说的一句话就是"你们不要在外面惹事"，可是有时不惹事，也会祸起萧墙。

有一次因为大人之间的小小误会，S家竟然全家人出动，拿着棍棒来到我家。二话没说，就是一顿乱砸。三间房的窗玻璃全砸了，唯一做饭的锅被砸了，墙壁糊着的报纸全被揭了下来。

家里千疮百孔，冷风从破败的窗口灌进来，东北早春三月啊！我和妹妹大哭，躲在墙角看着这惊心动魄的一幕……

家被洗劫，如何存活？！幼小的我，在心里呼号……

家里的男丁们呢？母亲眼里的顶梁柱呢？他们都去哪儿了？！我泪流满面地看着家凌乱不堪，只有老父亲在和这群歹徒抵抗着，惨败可想而知。

那日无边无际的清雪，都落在心里了，那日的浩劫直至今天回忆，都阵阵心寒！此次风波之后，最伤心的就是母亲！我母亲甚至想一死了之。

黄昏降临的时候，家里安静了，一片狼藉，惨不忍睹。我忽然发现母亲没了，跑到家的后面去找，远远地看见母亲拿着一条绳子远去。当时心一下子冰凉，瞬间泪崩。

早春三月，幼小的我，穿着很单薄。可是我清楚地明白，这个家虽然风雨飘摇，如果没了母亲，那就完了。当时我紧跟着母亲，可是天快黑了，年幼的我怎么能跟得上母亲呢。我不幸走失，掉到荒野里一个一丈多深的枯井里，由于我不断呼救，后来被好心人救出把我送到母亲的远亲、我的大姥家。

那晚经历的一切，下辈子都忘不了。那瞬间，一切都是蒙的，眼睛四下搜寻是无边的黑暗，四处是无法逾越的黑墙。无边的黑暗，濒临死期的桎梏让我恐惧万分，抬头发现头顶上有星星，似乎才意识到我是坠入了一个深井里。

回想那时，幸运的是我还有点力气大声哭喊，所以喊来了人……

幸运的是当时有人正好路过枯井附近，我才得救……更幸运的是又恰逢两个好人，他们去附近的村里找来了绳子和筐，慢慢放进井里，把我救出……

假如我没了力气哭喊，假如我遇到了冷漠、不愿搭理我的人，在夜黑风高的大半夜都属正常。其实当时吞噬生命的死亡之神，距离我很远吗？不！其实就在眼前。可是上苍何其厚我，那天幸亏遇到好心人，幸亏自己命大，不然就是没摔死，也会活活被冻死在枯井里。

母亲在死神的边缘，也被拉了回来。她当然没有变，还是老样子，她的观念一如从前。

稍大，我和母亲讲起我在学校被围殴的事情，讲起埋藏在心底的一件件心酸往事，她听了就像是在听一个别人家孩子的故事。似信非信，没理睬我。我的心冰凉到麻木，从此关闭内心，因为关闭内心才能百毒不侵。

爱的缺失，唤起了我独立要强的性格。直至上了高中，我才停止去找亲娘的念头，因为我从姥爷和父亲嘴里得知，我确确实实是母亲所生，她就是我的亲娘，为此我暗自大哭了一场……

又过去很多年，我去外地读高中，当时读高中开始住二姐家，后来要去住校。母亲知道这件事，在夜色里突然出现在二姐家的院子，她风尘仆仆地步行了三十里路，来到二姐家，目的是给我送二十元钱，让我在学校住宿时，每顿饭买点菜吃。我手攥着那钱，看着母亲疲惫不堪的样子，几度哽咽，却把泪水憋了回去。

我第一次有那么深的感受，感受到母亲是爱我的，我应该是她的亲女儿，忽然觉得不知说什么好。异乡不眠的长夜，想起家，想起母亲，想起过往，我泪水横流。

父亲去世，母亲总爱去田野捡柴捡粮，谁也拦不住。风撩起她灰白的碎发，那身影显得孤单和惆怅。和她聊天儿，也话题散碎。她面容憔悴，母亲真的老了……

　　一位七个孩子九口之家的主妇，在那么漫长而煎熬的岁月里，或许有无数隐痛吧。所有姐妹兄弟都成家立业了，到了晚年她一改以前的态度，和我最好。日子里遇到愉快的、不愉快的，舒心的、不舒心的，遇到了难题解不开了，都一律和我商量，直接和我说。每年都来我家，住上好长一段日子。

　　而今我站在北京蓝蓝的天空下，关于过去的一切翻来滚去。"安知千里外，不有雨兼风？"童年的我怎么也不会想到，晚年的母亲，竟然会把一个她曾经最看不上的孩子，当作心心念念的依赖和依靠。

　　2022年的岁尾，在北京的我不能回老家了。我和爱人开着车跑到北京的荒郊野外，给母亲烧纸，孩提时的一幕幕又像过电影一样，童年的不幸早就释怀了，感谢爹娘……

原生家庭经历——我的父亲

一

二十岁的时候，我在五站中学教学。20世纪80年代，我始终留着齐耳的学生头。衣色黯淡，人沉默寡言。每周十二节语文课，在校住宿，星期六回到父母所住的地方——哈尔滨万宝小镇。那时的我，对于人情世故一无所知。我沉默地阅读社会交付我的一切，然后按部就班地工作，不声不响地阅读在当时可以阅读到的文字。

星期日回家，父亲突然倒下，一个家的顶梁柱，就这么走完了他的人生路，就这样和我们不辞而别！我目睹父亲在很短的时间内，心脏骤停！我突然间傻掉了！没有泪水，大脑一片空白，然后是凄惶而不知所措。

翻阅父亲的简历，简单得不能再简单，父亲生于1922年，满族，家里的长子，是新中国成立前的中共党员。1947年当兵，退伍后，转业到中东铁路，在中东铁路的某车务段任领导。后来下放到肇东复兴村，一待就是一辈子，突发心脏病去世，终年六十一岁。

我在整理父亲的遗物时，止不住流泪，感慨万端。原来人生一世，竟是这样，一切全是空的。父亲竟然没有留下一张照片。母亲说数次搬迁，都遗失了……

人的一生啊，最后就剩下这么简简单单的几行字……

直到父亲的遗体被抬进灵柩，大家焚香烧纸，运到故乡的墓地，我才明白这是无法改变的事实。那日，风轻抚树枝上的残叶，风滚草在凄惶地远去。霜雪尘风的路上，走来了我、妹妹还有大姐，我们从四十多里路之外的哈尔滨郊区赶回故乡。邻居们看到手捧花圈的我们，也不知是怎么回事，前来询问。心痛到无法言说，泪水已经蒙了双眼……

人们都说青春岁月的孩子好叛逆，我没觉得。在我最年少的时候，经历了最痛苦的时光，目睹了死亡，亲眼看到了亲人的离去。于是我瞬间长大，瞬间知事。

彼时仰头看天，看看这样蓝的天，近看活着的人们，远看村庄的轮廓，静静的一切都没有答案。这份宁静是多么伤感啊！一切都不是昨天了。面对故乡荒原上的一座新坟，我一遍遍地正视着眼前的一切，父亲生前的岁月像是回放的电影。

二

和父亲唯一一次旅行让我终生难忘……

那年夏天，我在五站中学教书，在那里住宿，二十岁的我，薪水一个月三十九块五。新的工作环境，微薄的收入，青涩的年龄，不谙世事的心，我有一颗极力撑起家的心，却心有余而力不足。

想想父亲一生辛苦，总是想为父亲做点什么，做什么呢？

那年月，去一趟省城旅游，应该是些微奢侈的事情。遂说服了父亲，带着妹妹，我们三个人成行了。囊中羞涩的我，兜里仅有十元钱，又向别人借了五元，十五元钱的旅行费，我们成行了。赶着来了，顶着大太阳，疲惫地问路，徒步走啊走，眼望着风景，心里却在小心计划着，生怕花超了，回不了家。曾存于心底的激情被扫荡得干干净净！

哈尔滨的大街上，跑着有轨电车，八分钱一位。父亲说："不坐了，太贵！"然后我们徒步，在松花江岸边，我恳求父亲合张影，父亲嫌贵执意不肯。

最后，我们在江南春饭店附近吃了烧饼和豆腐脑儿。这一天也没做什么，只去了兆麟公园，然后就在松花江边停留了一会儿。

天，突然阴晦了，飘着雨点的松花江，莽莽苍苍，说不出的肃穆滋味……

沉沉而去的松花江水是寂寥的，江上有靠岸的黑魆魆的船，岸上有寥落的几个人，衣服一律黑黄蓝。似乎没有什么人，大家没有什么兴致来这里观景。

我忽然觉得自己很愚蠢，二十岁的我像是个大人，其实内心不过是个孩子。那年月每逢红白喜事，随礼二十元钱是最高的礼金了！而我用十五元可以给爸爸买个很像样的礼物，为什么要跑到这里受罪呢？

一种强装的美好掩饰着尴尬，累和疲惫不言而喻。

那样年龄的我，那样强装大人的我，那样极力想让父亲开心的我，方方面面力不从心。力不从心却要撑起来往往适得其反，为此我曾自责和心酸多年……

那日站在这归于寂灭的黄昏，心里滂沱无数次，却不敢轻易流泪，暮色里的哈尔滨，匆匆的行人，我看上去似乎都不真实。

辛苦而潦草的旅行，没有什么内容，却是贪着黑回来的。

等啊等，等了最晚、最便宜的火车。那是唯一一趟发自哈尔滨、给沿线百姓和农民来往的最便宜和便利的火车了。车票买到了，每人花了五毛钱，兜里的钱，已所剩无几，我忐忑的心安定了。

到万乐小站下车后还得走七里土路到家，但终于是归途了。

什么叫回家？归心似箭是何滋味？

火车鸣笛开动，风声呼呼作响。车上挤得就像是摞满了的沙丁鱼罐头，人们前胸贴着后背，十分拥挤。

可是下车时，因为是小站，就停靠两分钟。挤在罐头里的人们突然一下子像炸开了锅，开始晃着膀子扭动、哭喊，然后"前呼后拥"，生怕被火车带走去了远方回不了家，我就是被人流拥着"倒出"车外的。真像是经历了一场人生大逃亡……

终于下车了！

夜凉如水，寒星满天。我好像站在悬崖边的孩子，又被人拽了回来，父亲的眼镜也是那次挤火车挤丢了。

远方荒凉的往事，全是苦涩，沉沉落于心底。事隔一年，父亲就去世了。

过早地经历亲人离去，我觉得自己一下子就老了！我似乎进入了风霜雨雪的暮年，一下子遍知世态炎凉和人情冷暖。我的青春，似乎隐去了日光……

眼前时而出现父亲沉默无奈的眼神，时而出现父亲从故乡小路荷锄走来的样子，时而听到他哼唱的那首《二郎山》，时而出现他晚年日日溜达的故乡后街上的那条水坝，时而出现他时常摆弄和修缮的那辆常去草原打草的手推车，时而出现他用低低的声音说着他在城里工作时的同事和一件件往事……

三

那次旅行，根本没有具象的留念，只是我自己在松花江岸边照了一张相，后来由于心碎，让我撕掉了！

世界如初，恍若千年！日子继续前行，父亲去世了，母亲还有妹妹，依旧随二哥二嫂一起住。兄嫂上班，为了多陪妈妈，我选择通勤，中学距离万宝小镇往返三十六里，我骑行回家风雨不误，日复一日。

那时哥哥姐姐们，都早已独立门户，只有妹妹未成年，正读高一。大家悄无声地过日子，俗务纷杂，每家有不同的声音和碎响。几家欢乐几家愁，都是无法避免的。

母亲为了补贴家用，总是捡柴捡粮，光秃秃的原野，上哪儿捡那么多粮食和柴禾呢？可是没有人能说服得了她。数年数日，她除了做家务，将家收拾得窗明几净，就是去原野。她沉默孤独的背影、风吹拂她碎发的样子，装满了我的记忆。

捡来柴，规规矩矩地垛好，然后再去捡。在我无数次凝望她的背影时，懵懂的心慢慢醒来，懂得了亲娘当时的处境。

万宝小镇，有一所高中，是道外区的第四十八中学。妹妹本可以在那里就读，可是她是非五站中学而不去的。

后来依了她的心愿，在五站中学读书，我在那里教书。我们都住在那里，她的生活由我照顾。我把工资掰成三份，给自己一份吃饭，给妹妹一份吃饭，剩下每月给妈妈十元钱，可以买到十斤挂面。晨起暮落，手执烟火，日子捉襟见肘，自此妹妹有事几乎不找母亲，全都找我。

我已不再是原来的我，在单位低头做事，沉默寡言。在家，力所能及，兼顾各方。风霜雨雪无所谓，感冒不吃药，硬撑一下就好了。

二十岁的我已经参透了生存的不易，然而生有可恋，情有可依，我像陀螺一样的前行，十八里路的那头有个老娘，十八里路的这头有个学校，我必须好好工作。

四

我是二十岁吗？可我从来没有觉得自己是二十岁！这种心老，让日后的我感到惊讶，青春是人生最大财富和希望吗？！当然是！

一晃我就二十二岁了。

在北方飘雪的季节里，我猫在宿舍读各种书籍，也给报纸和杂志投稿。

乐府词《铙歌》里这样写："我欲与君相知，长命无绝衰。山无棱，江水为竭，冬雷震震，夏雨雪，天地合，乃敢与君绝！"

舒婷在《致橡树》里说："我们分担寒潮、风雷、霹雳；我们共享雾霭、流岚、虹霓。"这是多么伟大而深情的爱情誓言！我曾为这样的爱情誓言而感动得落泪。

小镇的秋天，瑟瑟的秋草，黄得铺天盖地。

彼时，老师给我介绍了一位男生。第一次见面，他就嗫嚅着说："我们买点东西去双方父母家看看，就把事情定下来吧。"当时我惊讶不已，往昔我在文学读本里读到的爱情故事，此刻全部坍塌，心头似乎被什么堵住了一样郁闷……

几次见面都沉默无声地像两个陌生人，和他无话可说，迫于是我的老师介绍的，我暂没有说出停止交往。后来他也觉得没意思，提出结束这短暂而又尴尬的关系。

我的心微微一震，转而释然，我们各自解放了。

那个时代，那个时代的我们，不谈爱情，只谈婚论嫁，我觉得我老了，我老到只配谈婚论嫁。

可是不久，日子忽而发生转折，我离开了中学，去了报社，妹妹去了大连。

一路走来，那岁月原来都是自己写给自己的诗歌，日子、太阳还有苍茫的天空告诉我，人不可能永久顺利，也不可能永久不顺利。

提笔写此文的时候，北京正下着一场大雪。我在这雪中踽踽独行。天与地，地与人，那些飘然远去的岁月宛若前世。

第四章　时光慢旅

友谊是什么

一

友谊是如此珍贵——"桃花潭水深千尺，不及汪伦送我情……"

友谊是如此深情——"海内存知己，天涯若比邻……"

友谊是如此熨帖——"劝君更尽一杯酒，西出阳关无故人……"

友谊是如此把心伤透——"天上云游事不周，人心怎比水长流，只见桃园三结义，哪个相交到白头……"这些古诗词刻进我的记忆。友谊到底是什么呢？

生而为人，如果有一把伞为你停留，如果有一盏灯为你守候，心里有一席话想说给你听，日子里有一场欢聚等了好久，美哉！乐哉！那是多么美的事情啊！

可是友谊易碎，它有一颗玻璃心，它是一个瓷娃娃，它要你绷紧神经一刻不停地呵护它。甚至有时友谊脆弱得像泡沫，错说了一句话，一个眼神没有照顾到，它就落到地上，消失无形。

友谊又像是扎在心头的一根刺，因为长在心上，也疼在心上。

毕淑敏说："友谊需要滋养。有的人用钱，有的人用汗，还有的人用血。友谊是很贪婪的，绝不会满足于餐风饮露。"

一百个好没感觉，一个不好，友谊立刻崩塌，翻脸成仇，分道扬镳，从此陌路天涯，这样的事情也不是没有。

记住，友谊不是你的口粮，朋友不是你的爹娘，它不是你唯利是图的敲门砖，如果你弄错了，不仅耽误了自己，还要为友谊的短命而自取其辱。

二

还有一种朋友叫闺密，何为闺密呢？怎样的朋友才算闺密呢？

"一生大笑能几回，斗酒相逢须醉倒！"

是这样的朋友吗？

闺密，之所以叫蜜，有亲密还有秘密，那就是涉及私密还美好。很多难以启齿、羞于和异性讨论的问题都可以和闺密聊。女人在她一生中，如能遇到一个那么好的密友，哪怕她历经铅华、子孙满堂，也是一生的幸事，然而这样的闺密少得可怜。

三

那么人和人之间，就真的没有莫逆之交了吗？不是。

我有一段亲身经历。儿时，青黄不接的时节，家里没粮了，妈没办法，就向距离我家最近的一个远房亲戚求助。这门远房亲戚和我们家走动很好，是妈妈娘家的一个远亲。

当时我跟着妈妈，也去了亲戚家。亲戚二话没说，就把一个面袋里装的十五斤小米，拎到我们的跟前说："拿回去吧，大家匀着吃，啥时候有啥时候还……"

当时正值小学二年级的我，仰头看着那一幕情景，顿时泪崩。

之后的多年，妈和亲戚一直至亲般地走动。亲身的经历，勾起我想起一段故事……

三国时期，东吴的周瑜，早闻鲁肃之名。在周瑜长途跋涉缺粮断米之际，他带数百人，来到鲁肃的门下，请他资助一些粮食。当时，鲁肃家里有两个圆形大粮仓，每仓装有三千斛米。周瑜刚说出借粮之意，鲁肃毫不犹豫，立即手指其中一仓，赠给了他。经此一事，周瑜确信鲁肃是与众不同的人物。从此两人建立了如同春秋时公孙侨和季札那样牢不可破的朋友关系。

再后来，孙权求贤，周瑜又把鲁肃推荐给了孙权，他们的友谊光耀千秋。

四

那么真正的闺密有没有呢？

我的母亲有个姨，她们之间没有血缘关系。这位姨是我外祖父青梅竹马的儿时伙伴，他们一生都要好。姨姥爱整洁，即便风烛残年也是美人，她一颦一笑，她风中走路的样子，她的笑声和面容，我都清晰记得。我的祖父也相貌堂堂，高个儿，小麦色皮肤，深邃的眼睛，面部轮廓棱角分明，走路带风。

每次外祖父来我家也不事先打招呼，哪怕是雪夜，常常一抬头外祖父已经来到窗前了。一身青衣，一身的雪花，他步行二十多里路，步履轻轻走进屋。大家见了外祖父都围了过来，笑逐颜开。有时雨天也来，打着胶纸雨伞，窗前一过，外祖父来了。

母亲埋怨他说："下雨的天啊！走路多费劲啊！"

外祖父呵呵一笑，不以为然："怕什么呢！"岂不知外祖父当时已是七十多岁的老人了。

每每外祖父来了，如果没到姨姥家（姨姥和我们住一个村），姨姥就和母亲埋怨说："你爹那个死鬼，怎么不到我家呢！"母亲微笑，忙不迭地替外祖父诚恳解释。

外祖父一来，母亲就要做好吃的。有一次饭已做好，只等外祖父开饭了。母亲叫我去姨姥家叫外祖父吃饭。我去了，可是呈现在我眼前的是，外祖父和姨姥、姨姥爷全家人坐在一起，满桌子饭菜，谈笑风生，酒兴正浓……

让我有些费解的是，母亲和这位姨处得也是相当好，从小到老，处了一辈子，直到各自迁到远乡，姨姥病故。我当年误以为姨姥就是母亲的亲姨。沧海浮尘，芸芸众生，真是有缘相识、有幸相知啊，姨姥永远是外祖父的"死党"，也是母亲的"死党"。

时间为证，岁月为名，我至今赞叹不已，令我动容……

他们是好闺密吗？不，更确切地说，我的外祖父是姨姥的男闺密。

人生漫漫，当柔软的心房，经历了小虫一样噬咬的时候，我开始冷静地凝视着友谊的字眼、友谊的形象、友谊的非同寻常。什么叫友谊？

真正的友谊是敢于说真话，真话只一句就够了！哪怕这话使你很疼，但它使你顿悟，是真正的良药。友谊应该是你危难与焦急时的一双手，让你终生难忘，时刻铭记！

友谊应该是茶，越喝越安静，越品越有滋味，君子之交淡如水，却妙不可言，相得益彰。

友谊应该是开在一株菩提树上的果子，它要靠真诚去滋养，要靠信任去培育，要靠宽宏去浇灌。

友谊应该是一双和谐的竹筷，大家手挽手才是一个必胜的团队，才会夹起一块又一块的美食。

活到这个年纪，我认为人有三座大山可依，理清自己的情绪、保持良好的人品，还要加上自己的学习和努力。

我在姐家，看见她打理秧苗，明白想要有好的收成，一定要保持好秧苗之间的合理距离，不然就白流了汗水，枉费了心机。

某一年我去平谷看桃花，桃农在干什么呢？他们站在梯子上，揪桃花，我在下面看着，心里一跳一跳地疼。问他们为什么，桃农说："揪了多余的，保持距离，这样才能结出好桃子。"

距离产生美，没了距离任何关系都妄谈长久和美。

朋友问我："你有闺密吗？"

我说："有当然好，没有也正常。"

我每天七事八事，忙完田里的忙屋里的，忙完屋里，还要给自己喜欢的事情分配时间，去外面跋山涉水，读些闲书也很好。

人老了一切随缘，牵强哪里还是真友谊。是闺密也好，不是闺密也罢，尊重天意和人心吧，这是最重要的。

我生命中的三位男人

一

他给了我生命，他见证了我赤条条在人世间的首次亮相，他聆听着我向这个世界最无助和最无理的哭闹和宣言。

他疼爱地把我高高地举过头顶，他牵着我的手走过童年、少年，用最深沉的目光注视着我蹒跚学步，从小学、中学到师范毕业。

父亲是我生命中依赖的一面墙，可是当我刚刚毕业，到手工资还捉襟见肘时，父亲就永远离我而去了！在我和他最有限的时间里，父亲是沉默寡言的。他的过去、他的经历、他的痛苦和无奈、他的青春时光、他的理想、他走过的艰难日子，在他和我有限的相遇时间里，都没来得及详谈。我们就这样永别了！

二

十八岁的时候我被舒婷的《致橡树》感动得热泪盈眶。

我必须是你近旁的一株木棉，

作为树的形象和你站在一起。

根，紧握在地下；

叶，相触在云里。

每一阵风过，

我们都互相致意……

后来我疑惑，这世间有爱情吗？

可是就在这时，我生命中的第二位男人出现了，证领了，我们建起了一个家，有了我们自己的孩子。

我们的婚姻没有那么灿烂，但刻骨铭心。

我们婚后的日子，该用几十年这样的词来计时了，可我没有听见他说一声"我爱你"。我也从未称呼过他老公，我觉得这个词，我不喜欢，本能地拒绝，当然也不会称呼。它在我的词典里，早就被删除了。

那么，我们之间怎么称呼呢？

我们互相称呼对方，一律直呼其名，似乎永远是伙伴关系，大约也因为叫起来顺口、不俗媚、不肉麻。以前没仔细琢磨，今天我坐在案头，想写写我们走过的某一天某一日时，我忽然发现这是我们生活中的一个特点和现象。

有时候也不叫名，"哎"一声对方就明白了意思。也掐架，但没动过手，那是我们的底线。掐架的时候，也放过狠话：

"×××，你有什么了不起！"

"×××，你也没什么了不起！"

掐架燃点到一定水准时，"离婚"二字就放了出来，他也毫不在乎："离就离！"

可是每每这个时候，我的孩子、我的宝贝，那团小鲜肉向我扑来，那一刻人和心都化了，战争瞬间平息。还有什么好说呢，战火熄了，天下太平了，日后该干什么还干什么，像是一切都没发生一样。

我的骨子里，百分之百地拒绝离婚二字。我无法想象，我的孩子管一个陌生人叫爸爸的那种情境。正是这种观念的加持，我在婚姻中长出了两个最可贵的字，它叫包容，他和我均是这样的人。

三

活了半生，我是不太相信爱情的。我觉得世间万事万物，唯有这两个字最不靠谱，书里书外我见得太多了。

林黛玉和贾宝玉的感情是爱情吗？

是，可是真的走到一起，过上几十年的日子，他们不会幸福，他们是一对相见不如怀念的人儿。

凭借着海誓山盟、海枯石烂的爱情宣言吗？燃点有，可是持久性不会长。

王宝钏是被爱情烧到了寒窑，一等就是几十年。可是等到了团聚，薛平贵娶了西凉公主代战，虽然给了王宝钏一个认可，可是她只活了十八天。生活的定律告诉我们，爱情是一道甜品，而日子里的味道和体会太多了，仅靠一份甜品是无法维持的，而且糖吃多了，太容易患病。

在现实生活中呢？不仅是王宝钏被弃，女弃男的故事也是比比皆是。年少时暗自心惊，现在见怪不怪。任何人如果没有自己的事业，谈爱情都是虚弱的，又何尝禁得住岁月的磨砺。

我认识一位这样的女人，她终生为了爱情而苦苦求索着。离了三次，到了第四个男人时她还是慨叹命运的不济，慨叹她这辈子没有找到真正的爱情。这时她已经老了，没有美貌了，而且生活状况也不好。怎么能好呢？她这辈子也没干什么，净寻找爱情、忙着离婚了。

她为什么找不到爱情呢？

她当然找不到爱情！

因为她把爱情看得太唯美了。

而唯美神话里的东西，现实里是没有的。她眼里的爱情，自己就是瓷娃娃，得一辈子用手心护着。而现实里我们大家彼此都是人，是人就会有磕磕碰碰，是人就有优点与缺点，是人就得与有优缺点的人共存和打交道。谁又不是一边苟且一边骂娘地过日子。

三毛说："爱情如果不能落实到穿衣、吃饭、睡觉、数钱这些实实在在的生活中去，是不会长久的。"

如果你穿衣、吃饭、睡觉、数钱，都做好了，也会有爱情。

四

《蜗居》里宋思明的太太告诫海藻的话最经典！

她说："该得到的我都得到了。爱我的丈夫，可人的女儿，应有的社会地位和尊重。女人到我这个年纪，活得这么舒畅的不多。我没任何怒气，我倒是很同情你，希望你能在我这年纪上，也能拥有与我一样多的东西，而不是像过街老鼠一样出门小心翼翼。希望你以后的丈夫在知道你这段不堪的历史之后，依旧把你当成宝贝。"

现如今，离婚率虽持续走高，但还有更多人坚守着婚姻。那是因为婚姻是一片森林，两个人带着孩子，植完了那片山坡，又去植另外一片山坡。等到青山绿水时两个人都老了。

而且几十年的光阴已经形成了格局和气象，形成了味道和血浓于水的关系。

血和肉都长在了一起，想离很难的，如果离了，也像是扒了一层皮。

五

我们俩是经人介绍认识的，性格不一样，刚开始在一个屋檐下，我们互相适应的过程也很费劲。

过日子和谈恋爱是非常不一样的，哪怕你谈了多少年，那都还是演习和演戏，两个人都在演。真正过日子，就不一样了。

日后多少年，我无知而憨态可掬地问我的儿子："我说儿子，我怎么能和你爸爸过了这么多年呢？想想都奇怪！"

我的儿子说："妈妈，一点也不奇怪，你们是患难夫妻啊！"

这一句话把我的眼泪都说出来了……

回眸，在艰苦卓绝的日子，最累最苦的时候，最无奈和最无助的时候，最心酸和最背运的时候都是两个人拼着命顶过来的。

每一行脚印，每一段路，每一次命途里的挣扎，每一场颠沛流离和奔波，都有我们彼此互相的慰藉，也有你知我知的狼狈和不堪。

六

以夫妻关系为核心的中国家庭其实都是最基础的工作单位和生产单位。在这个单位里我们要把心思分成很多份，春和景明的日子有，鸡飞狗跳的日子更是比比皆是。

早年我做记者总是下乡，而他也下乡。我们都忙着各自的事业，可是在我们共同营造的这个工作单位里还有一个小拖油瓶嗷嗷待哺，它不安宁小家岂能安宁。贫贱夫妻百事哀，扔掉事业，全职带娃吗？那是不可能的。

苦累暂且不说，其实夫妻待在一起的时间是极其有限的。

今年他退休了，变了个人似的，爱旅游、爱摄影、爱花草，还爱厨艺、收拾打理屋子。他忽然变得"三从四德"起来，我有点受宠若惊，其实一点也不奇怪。

风雨经年，无论是白月光还是朱砂痣都渺茫得无影无踪。可是夫妻之间，却会越来越像，语气类似，口味趋同，喜好相同，审美观竟然惊人的相似。是时间改变了我们，是年深月久重新塑造了我们。

有一篇文里这样说："有些夫妻在一起之前，浑身上下好像也找不到特别相似的地方，但他们却变得越来越像。这一种'夫妻相'与后天模仿有关，即变色龙效应。变色龙效应是指人们经常无意识地模仿其他人（包括交际中）的姿势、怪癖和面部表情等心理学现象。当然，这个模仿行为不需要经过大脑的判断，是下意识产生的。越是亲密的人，我们越容易模仿。"

七

年后不长时间，有一桩事情让我们惊讶不已。

听老家人说，先生曾经的同事们，和他年龄相仿，都在很短的时间内忽然病逝，一共四位。听到这个消息，我和先生禁不住热泪盈眶……

> 长安一片月，万户捣衣声。
> 秋风吹不尽，总是玉关情。
> 何日平胡虏，良人罢远征……

月下的捣衣声还在啊，可是良人已经永远去了。我想象得出四位妻子那肝肠寸断的场面，可是我不知那痛心入骨的心情该如何化解……

百年修得同船渡，千年修得共枕眠。我们没有相思入骨，没有海枯石烂。可是今生他却是我最信赖的男人，我和孩子屋檐下都不能缺的男人。

2022年的夏天了！春花已落，夏叶未老，我由衷地体会到，没有你在我身边，吹过我身边的风是空洞的。今后的日子，我和你必须珍惜我们的余生。

八

不经意间，我生命中的第三位男人出现了！

一个小人儿，刚刚还让我哭、让我笑，突然间却伫立在我的面前和我高谈阔论，谈中东局势，谈金融风暴，谈最新的手机研发动态，谈世界的发展形势。

作为母亲，我听着，一脸平静，内心波涛汹涌……

我生命中的三位男人，我没办法不想着他们，我已经失去了一个，失去了给了我生命的那位深沉的男人。

这三位男人和我血肉相连，休戚与共。

时光慢旅——凡人心

一

老屋没卖。

留着许多回忆，留给自己读……

人都能在哪里张狂呢？有一个地方是文字里，还有一个地方就是自己的屋里。我总希望回到东北，有一片自己的天空。如果没有了自己的老屋，回到东北就是做客，而我不想做客。

当晚到家，长天月色，满山寒树，细水长流，还有臣服于时间的那份沉默。岁月里的远山与近景，是我内心的风暴……

人言落日是天涯，望极天涯是我家。

二

因老屋在老家，忙时三年五载回来一次，不忙一年回来一次。

我不知候鸟的岁月是怎样过的，可是我回到了老家却遇到了问题。

回来就回来吧，可是回来了，问题就来了。打开门，灯不亮了，没电！屋里漆黑一片，是电路年久失修，有点郁闷。我曾想把灵魂安放在这里，可是眼下，桥也不是桥，路也不是路了！怎么办呢？好在我家有随时备用电工。他早年学过配电，此时派上了用场。

打开手机电筒，照鞋柜、寻拖鞋、找蜡烛，找不到。久未登家门，一切似乎都陌生了。没办法，他借着手机的一点光，搬来梯子，三下五除二，照明问题解决了。灯，次第亮了，有了光芒，一切就变得开心起来。他信口唱道："想当初，老子的队伍才开张，拢共才有十几个人，七八条枪……"

我环视我的老屋，依旧是当年的模样！

可内心依旧惶然，赶紧说："水电就是生命线啊！没有水电我们什么都干不了。"

他自信地微笑："好了！你该干什么就干什么。"

三

回到老家真好，可终究是我想得美。

又一个尴尬的问题来了，没水！此时忽然记起，县城不是整日给水的。虽然我们整个县城喝的也是松花江水，可是多少年都是每天定点给水。

家里没米可以去买，可是家里没有水怎么办？我两年没有回来了，陈年的灰尘是有的，窗帘要洗、盖家具的单子要洗，碗橱、锅灶、窗玻璃等等都要大清理。

怎么办呢？

等着吧。望着阔别久违的老屋，回忆一幕幕，心事一重重。此时最深切的体会就是，水是多么好的东西！且不要说水是生命的源泉、农业的命脉、工业的血液，就是居家过日子谁又能离开水。冯梦龙说："今夜思量千条路，明朝依旧卖豆腐！"我们得吃饭啊！

无水就是无炊，无炊怎么过活。无水，一切都无从说起，不能洗手，不能洗澡，内急了跑下楼，去找公共厕所。哀哉！这样折腾几回，我疲惫不堪。此刻最好的办法就是减少行动，减少非必要的麻烦。后来问邻居，邻居说小区所有住户都是没水的！因为这段时间给水管线和设备正在改造。

巧了！接下来几天，我们俩过着在外解决三餐的日子，我们下小馆子、吃面包、买包子吃，用矿泉水打理每日所需。

其实我们家原来给水的装置也算是先进的，为了营造一种打开水龙头就有水的效果。我先生雇工人师傅，在卫生间的房顶吊上了一个能盛两吨水的水箱。来水了，水箱接满，然后自动关闭。那时可随时用水，多么舒服而自在……

四

开门就是七件事，柴米油盐酱醋茶。忽然感觉车马也慢了，书信也远了，没水，什么都更慢了。这其中，我做出该干什么和不干什么的最佳选择。似乎纸短情长的岁月又可遇可期了。翌日，我先生去同学那儿随礼，我去交水电费。

可是就在此时，水终于来了，但是却险象环生！多年不用的自动给水关闭阀，此刻完全处于"无政府状态"，干脆停止了它的工作指令，水箱满了，也不关闭，任由水哗哗流成瀑布，落到卫生间的地上，又从卫生间里流出来，漫到客厅的地板上。水是来了，可是水漫金山谁能受得了！

幸好我回来及时，幸好没有大碍。我似乎面临一场突如其来的战争，先是关掉水闸，然后用毛巾和毛巾被擦流到地板上的水。收拾好后，抬起头窗外长天辽阔，低下头屋子战事刚刚平息。我打量了一下自己，裙子都湿了，手拎着抹布，像战俘。我们曾想手执星光与童话，可是平常日子之下，暗涌的逆流和狼狈必须面对。我的琴棋书画诗酒花呢？我的柴米油盐酱醋茶呢？

五

老家的夏，短暂，忽而即逝……

它处在高纬度位置，夏季三点多天就亮了，尽管每天那个时候我都在深酣中。

天蓝得又深邃又幽远，大朵大朵的白云和异乡迥然不同！有时我会站在这样的蓝天下，仰头久久地发呆，想着童年，想着过往的经历……

和风浅浅凉凉，空调是不用开的，黑土地的瓜果蔬菜和大米都那么好吃！

为什么那么好吃呢？因为黑土是世界上最肥沃的土壤，富含硒。全世界这样的黑土地仅有三块，我们国家的这块就是东北平原。

有两样小吃普通而难忘，糯米的黏豆包和包饭。包饭，人们也叫饭包。吃豆包要文雅地吃，它很香、很黏、很糯，不好消化，也不能吃多。而饭包一定要捧在手里，大口吃才有滋味。喷香的花生碎，通红的小米辣，醇厚的鸡蛋酱和水灵灵的香菜、小葱，拌着米饭，被绿菜叶裹着，不捧在手里，是吃不了的！它们就这样沿着味蕾唤回无尽的乡情。人间烟火气，最抚凡人心！

与美食美景交相辉映的，还有小区里的故事。小区多数时光，如一湖静水，上班下班、一日三餐。时而局势紧张，是因为小区的绿地变成了菜地。

原来几棵水杉死了，后植上丁香花和玫瑰花。白色的丁香花汇成了花海，玫瑰也缤纷开放。可是却被几个业主连根砍了！

那次回去是春天，邻居大姐迎头碰上我说："那么好的花砍了，就剩一棵玫瑰，然后他们种菜！"这时有好几个邻居也围了上来。

另一个大姐说："这树是个记者栽的，后来她搬走了。"大姐接着眼睛一亮说："你不就是那个记者吗？你什么时候回来的？"

闻听此言，我内心感动得稀里哗啦，感谢小区人民还记得这一幕。多少日日夜夜，我就想着能回到丁香树下重温一下旧梦，看它长得如何，花朵美不美？可是此时美梦无法成真了。

然而，这故事还没完，情节跌宕得让我一半会儿都无法平静。连日来，我走亲戚、去祭祖、随礼，每个日子都免不了的人情世故。

几天后，当我坐下来聊聊我的邻居时，我才听说那砍树种菜的大哥已经与世长辞了！似乎记得前几天他还在和邻居贫嘴，可今天他已经成为故人！我愕然得接不住话茬儿……

看着楼下的菜地，我内心有说不出来的滋味……

六

水电气都齐了，我安营扎寨，内心安定下来。连日来，我不停地洗洗涮涮，不停地整理屋里的一切。我愿意用干净透明的水杯，泡一杯芳香的茉莉，慢慢地喝，静静地坐在写字台前看书写作，享受自己最美好的时光。

我愿意穿着最随便的布裙，听着音乐，烟火人间，无人打扰，就我自己，想想过往，卸去疲惫。我们曾在岁月的泥浆里打滚儿挣扎，而这样的时光太美好、太重要了。

我愿意一个人沉默地走在胡同和街巷里，看流云朵朵，听触手可及的烟火岁月里一个个鲜活的故事。

老屋距离市场很近，夏日里市场的蔬菜很便宜。每日晨起去买梅嫂家的羊奶。那是纯羊奶，她现挤现卖，并嘱咐她的客户回家兑少许的水，高温烧开煮五六分钟即可食用，这个暑期我们就喝梅嫂家的羊奶。她每日早晨四点到市场，我们六点准时去取，一旦晚了，她的羊奶一售而空。她很辛苦，可是小百姓的日子也过得有声有色。人走着走着读尽了苍茫，剩下的日子一定有暖阳、有光亮。

七

姐住在农村，年已七旬，姐夫岁数就更大了，两个人竟然还在工作！给一个场子看家护院。更让人惊叹的是在这样的年纪，两个人还要大兴土木，盖房子。

姐家的房子主体工程完工的时候，我正好赶上。我说："这么大岁数了，干吗还这么大兴土木的？！"

姐回答得很干脆："实在不愿意住老房子了，又低矮又潮湿！"

我说："去大连，去儿子和女儿家呀！"

姐说："去年他们来接我俩，所有的东西都打包邮走了，可是又邮回来了，不去，还是自己过好！"

我说："然后就要盖房子了？"

姐说："是啊，即使新房子就住一天，我闭眼也值了。"我再无话反驳。

我说："没向孩子要一分钱？"

姐说："没有，我自己有钱。"我佩服姐这么大岁数了，还这么有骨气和底气，我跟随姐这屋那屋兴致勃勃地看着，观摩着。

翌日晨，我从菜市场还没到家，姐就来了电话："我一会儿去你那。"

我说："好！我等你。"

姐说："我去你那儿的旧物市场。"

我说："为什么？"

姐说："我买几样旧家具。"

我说："大兴土木后，是入不敷出了？"

姐说："我得留点过河钱！"

我无语了半天，也没找到合适的话。

我和先生陪着姐，逛了旧物市场，帮她挑家具和沙发等，不过还不错，九成新的家具物美价廉。一股脑儿买回去不少，雇了车，运回去了。

到家后，姐来了电话说："买新家具不合算，我都这么大岁数了，还是买旧的好。我都摆放好了，都很值，很合适。"太阳下，我沉默地注视着远方……

我们都希望活成一棵大树，其实我们都是一棵棵努力活着的小草。

八

八九月份，喜宴不迭，升学的、结婚的、过生日的、喜迁新居的等等。

你请，他又回请，红尘市井，日月悠长。灶台上的米、窗子上的光一如既往，流年窄巷，烟火人间。喜庆的声音里也不乏杂音，礼金多少，回过去应该花多少。他办了几次事，我们也要办一次事收一收。尽是些小百姓的细枝末节和芝麻绿豆，可是里面却透着很多学问和人情世故。

我家前院又开始装修房子了，新主人，开始拆墙，震天动地地往墙上打眼儿，旧的装修一概不要了，声音震耳欲聋。

仲夏、啤酒、烧烤、绿豆冰，市场的大排档热闹非凡……

活着真好！什么你好他坏，你厚他薄，全都变得模糊起来。年轻的时候，什么事都需要答案；有了些年纪才知，何为答案？要答案干什么？本身我们就微不足道，都那么渺小，就像大海中的一滴水一样。

胡同里，忽有歌声传来，是我最喜欢的一首歌。

夜幕下有人留在听故事的酒馆，

有人在备几人份晚餐，

卸下了白天还算亮丽的光环，

烦乱回归平常。

灯光下我们围坐着悉心地交谈，

关于明天该如何打算，

快乐和悲伤总是来回地切换，

都是必经阶段。

人生终于跌跌撞撞走过半，

幸好我们算过关……

快回北京了，小区依然星霜荏苒，忽然想起还有一样小事没办，报停供热手续。先生排了两天队才办妥。驻足回望，有风有雨，烦乱回归平常，一切温暖如初。

夏尽了是秋，岁月静好，我背起包，气定神闲地走在俗世云海之间……唯念故乡，写了这样一篇小文。

第五章　真　相

因果报应——真实得让人震惊

一

几年前的某一天，我亲眼看到中央电视台一套节目《今日说法》栏目里报道的一个案例，至今刻骨铭心。那是一个中午，我静静地吃着饭，一个案例不经意间映入我的眼帘。

南方某工地，一群来城市打工的农民工正在工作。

其中甲农民工很强势，总是欺凌乙农民工。甲的目的，其一是让别人替他分担些重活，其二是为了满足欺凌别人的快感。有一天乙农民工实在被欺负急了，双方发生口角之后动起手来，扭打在一起。甲不服气，挣脱出来挥起铁锹对乙就是一顿乱劈。乙被打倒，他再也没有起来。工人七手八脚地把乙送往医院，可是还未拉到医院乙就身亡。

乙的老婆得知后，带着自己六岁的孩子来到工地。可是一切都已经晚了，工人们告诉她乙已经身亡，孤儿寡母哭成泪人……

而此时甲早已逃走，他有幸逃出了警察的视线，在一个深山里隐姓埋名，做了一个林场工人。二十年过去了，他已经有了自己的妻子，妻子为他生了一个男孩儿。

可是就在这一年他因盗伐国家林木而被警察抓获，其案中又审出了一桩大案，那就是甲二十年前的惊天杀人案。他终于被绳之以法了，判了死刑。

此时主持人的结束语令人震惊："蹊跷的是，就在甲二十年后被绳之以法的今天，他的儿子刚好六岁……"

积善之家必有余庆，积恶之家必有余殃。

人间私语，天闻若雷，暗室亏心，神目如电，何况甲欠着人家一条人命呢？！

二

我有一位女友，她叫艳，和我很好，我叫她艳姐，就住在我家后院。艳和她的儿子都很善良，总是关注着一只总在他们家附近的流浪猫。

男孩常常把自己吃的东西分出一些给流浪猫，这只猫也习惯了，常常在艳家的楼下等待着。日子过去了好长一段时间，有一天艳姐和儿子从外面回来，听到楼道口那只流浪猫在叫，他们走到跟前，见流浪猫嘴里叼着一只耗子递到艳姐和儿子面前……

娘俩吓了一跳，互相看了一眼怔住了，他们望着流浪猫不知如何是好……

流浪猫不去吃那只耗子，而是眼巴巴地将耗子递到他们娘俩面前。艳姐一时感动得泪流，她喃喃地对儿子说："捉来的耗子是猫最好的食物了，可是它舍不得吃，是来回报咱们的……"

这是一年前艳姐给我讲的她和流浪猫的一段经历——小小的猫让人感动落泪。

三

据资料记载，恶有恶报是有科学根据的。人心怀善念时，体内分泌出令细胞健康的神经传导物质，免疫细胞变得活跃，就不易生病。正念常存的人免疫系统就强健；当心存恶意时，负向系统被启动，正向系统被抑制，身体机能良性循环被破坏，所以善良正直的人更健康长寿。

孔子说过"仁者寿"，医学古籍讲"正气存内，邪不可干"。

谦卑善良地为人做事，人力可为，天意难违。

我们中华民族能够从容地走到今天，儒家思想的光辉不可磨灭。

国人每九碗饭，就有一碗来自黑龙江

一

上苍把大雪都馈赠给了北方，于是就有了黑龙江的大雪，就有了雪国，就有了黑龙江漫长的冬季。一年十二个月，黑龙江寒冷的时间多达六个月！

黑龙江的冬季一来，大雪就满天纷飞了，撼天动地！大地、山峦、城郭、村庄和树林一片洁白，银装素裹。

面对这样的阵仗、这种纯粹、这神话中玉砌冰雕的世界，这孤舟蓑笠、寒江独钓和千里冰封、万里雪飘的世界，我都感慨万千……

我的老家在东北黑龙江，离开家乡这么久了，可是一看到黑龙江骤降大雪，我的内心总是条件反射般地想起儿时宗宗件件往事。想起了吃的东西，想起了备粮，想起我们闹饥荒，有道是喜米有米吃，喜衣有衣穿。这样的环境，这样冷的天，如果真的没有粮食人该怎么活？

二

没有粮食人该怎么活呢?

这样的发问并非幼稚,当今天我们丰衣足食时,当今天我们每每为了某件事,备粮、备生活用品时,我不禁想起我的家乡黑龙江。

连日来,我查阅了大量历史资料,我翻阅了黑龙江无数的辉煌篇章。黑龙江——东北三省之一,在祖国大地的东北。

亲爱的朋友们,你可曾知道,祖国九百六十万平方公里的土地,最肥沃的那片黑色,也是中国工业脱胎换骨的"钢铁脊梁"!

你可曾知道,新中国成立初期百废待兴,黑龙江这位共和国的长子,奋不顾身,无怨无悔,成为中国最重要的领跑者之一!

你可曾知道,在新中国成立初期乃至很长一段时间里,全国用的生产设备,几乎都是东北"下的蛋"。黑龙江作为东北三只"母鸡"之一,在重工业方面,有着功不可没的辉煌成就!

你可曾知道,新中国成立以来的种种过往,黑龙江从未缺席!

你可曾知道,新中国成立初期,大批部队官兵和林业工人苦战严寒,深入大、小兴安岭禁区,累计为国家贡献七亿多立方米木材。

你可曾知道,黑龙江,见证着整个国家乃至整个中华民族的进步与成长……

你可曾知道啊……

70多年来,黑龙江粮食生产能力实现跨越式发展,先后登上300亿斤、500亿斤、1000亿斤、1500亿斤台阶,累计为国家提供商品粮1万多亿斤,贡献了占全国1/8的粮食增量。2018年,全省粮食生产实现"十五连丰",总产量1501.4亿斤,是新中国成立初期的15倍,连续8年位居全国第一;粮食总产量、商品量、调出量分别占全国的1/9、1/8

和 1/3，"国人每 9 碗饭，就有 1 碗来自黑龙江"，是名副其实的"中华大粮仓"。

三

在电脑前，我奋笔疾书的此时，想起 2021 年 5 月 22 日发生的一件事，杂交水稻之父袁隆平先生逝世了……

整个中国，普通民众，因袁老的离开而悲恸伤心！我看到报纸、网络、自媒体，哀悼的声浪不绝于耳……

我看到了被花海笼罩的阳明山……

我看到了无数为袁隆平彻夜守灵的年轻人……

我看到不少民众穿越大半个中国，赶赴长沙，只为送袁老先生最后一程。

我从他们悲伤的目光中明白，他们一定知道袁隆平对于中国人意味着什么。

粮食的问题是每个普通人吃饭的问题，因为袁老做的是喂饱肚子的事情。所以，亿万民众，都心怀一颗感恩之心。

解决吃饭的问题就是解决生命线的问题！生命线的问题就是最关键的问题！

人心都是肉长的，老话讲，滴水之恩当涌泉相报。不！大爱不言谢。

可是我每当听到个别人对黑龙江人和黑龙江的揶揄与讽刺，我的心都像是被什么剜了几下那样疼……

这就好比一个人口众多的大家庭，兄长辅助了姐妹兄弟，可是多少年后，姐妹兄弟都过好了，当他们再回过头来，这个兄长已经沉默无声地被落下了。可是当我阅读了那么多有关黑龙江的历史资料后，我不能淡定了，请对这些供给我们粮食吃的老乡多加尊重，别伤了他们的心。

四

20世纪80年代末，我被调到报社工作。我到报社的第一个任务，就是跟随粮食系统的收粮大军随地采访。那是十一月一个寒冷的天气，难忘那位老局长在寒风中说："无粮不稳，无粮则乱，我们一定要保质保量地完成国家收粮任务。"

那掷地有声的话语，直至今天都振聋发聩！在我的心里始终有着那时的历史美感！"锄禾日当午，汗滴禾下土。谁知盘中餐，粒粒皆辛苦。"这诗句是多么掏心掏肺啊。

20世纪80年代的人，欲望单薄，有了粮食心就安了。我们报社每年要给职工发福利，不是奖金而是大米，每位职工二百斤。记者们嘻嘻哈哈地领了粮，心踏实了，哼唱着："解放区的天是明朗的天，解放区的人民好喜欢；民主政府爱人民呀，共产党的恩情说不完……"然后奔赴采访第一线。

之后一大段岁月，我都有每年深秋备粮的习惯，可笑吗？一点也不可笑。我深深地明白，我们家从城里下放到农村，除了其他原因之外，还有一个重要的原因，那就是怕挨饿。我们家为什么选择现在的故乡黑龙江肇东呢？最主要的原因，是那里粮食多，不挨饿。

五

我对家乡的一个问题饶有兴趣，那就是黑龙江人到底从哪里来，都是满族人吗？在这片广袤的黑土地上，人们的祖先都是从哪里来的？

有资料记载，当今东北人的祖先基本来自以下几个方面。

其一，原白山黑水间的土著居民。

其二，最先受清朝招垦来辽河流域种地的关内人。

其三，清朝吉林船厂工匠及其家属和吉林水师官僚、将佐、兵士。

其四，吉林乌拉创建之后的商贾摊贩。

其五，清朝流放宁古塔的官员及其家属。

其六，当年大批闯关东者。

其七，开垦北大荒的十万官兵及白山黑水间的林业建设者。

六

我的家乡黑龙江，是极其富饶而美丽的。巍巍的大小兴安岭，美丽的张广才岭、老爷岭和完达山脉。大小兴安岭，有中国最大的原始森林，也是世界著名的寒带针叶林。

乌苏里江、松花江、绥芬河日夜浩荡、奔流不息……

辽阔的松嫩平原、三江平原和穆棱河—兴凯湖平原，它们是东北平原的一部分，是全球仅有的三大黑土地之一。

黑龙江北部和东部与俄罗斯相邻，是亚洲与太平洋地区陆路通往俄罗斯和欧洲大陆的重要通道。西部与南部分别与内蒙古和吉林省相邻，东部近日本海。

黑龙江省，是中国第一产粮大省，被称为中国的大粮仓。

它有中国最大的油田——大庆油田。

它有中国面积最大的原始森林——大兴安岭。

它有中国面积最大的沼泽湿地——三江平原。

它有世界最大的东北虎饲养繁育基地——东北虎林园。

它有世界上最大的丹顶鹤繁殖地——扎龙自然保护区。

它有世界三大冷泉之一——五大连池。

它有世界上占地面积最大的林业城市——伊春。

它有中国最大的大马哈鱼场——黑龙江省佳木斯市抚远市乌苏镇。

它有中国最北点——漠河市北极镇北红村，在那里能看到美丽的北极光。

黑龙江还地处我国最东方，是中国最早迎接太阳升起的地方。黑龙江抚远市乌苏镇，被称为我国东方第一哨。

被誉为雪国的黑龙江，气候注定有许多缺点，可是上苍却在另一方面不吝一切地赠予了它大森林、大煤矿、大油田、大粮仓！

至此，当我停下笔，倾听着窗外的风声时，心似回到了故乡……

我住的地方下雪了！

你在北京还好吗？

你手上的冻疮好了吗？

你何时再回老家，给我打电话……

第六章　我与写作

写给流年

一

我是在写作吗？其实我是在记录，坐上了贼船，身不由己。

童年如沙场点兵，寻常巷陌、披肝沥胆，我想把它记录下来……

无边无际的冬天，我在茫茫的大雪里留下一行踽踽独行的脚印，我想把它记录下来。

广袤的原野，柴门小户，夕阳下，北方大地精彩的瞬间，月落乌啼，社戏般的露天电影，我想把它记录下来……

那老墙、那石磨水井、那长街烟火流年，我想把它记录下来……

那白云如絮，那红蓼花如火如荼，那女孩用胭脂花染指甲，用同心草结同心，用丁香树叶掐出剪纸画，我想把它记录下来……

那玉米林里的波涛，红高粱的醉意，金色麦田的细浪，我想把它记录下来……

崎岖的小路，悭吝的人情冷暖，难以走出的不堪和泥泞，我想把它记录下来……

那一摊摊白色的芦苇花，那一片片苍绿灰白的杨树叶子，那野花盛开的草原，那秋风那暮雨，那早晨那傍晚，我想把它记录下来……

那鸟儿啁啾的春天，那滚滚东流的坝上水，那腾然而飞的黄蝴蝶和绿蜻蜓，那白衬衫在春风里挥动的季节，那手执花环走在队伍里，同大家一起喊"发展体育运动，增强人民的体质"，然后唰唰地正步走，我想把它记录下来。

十八岁，一首诗歌刊发在省级报纸上了，彼时我手捧着报纸，走在无人的旷野之上，激动得眼含热泪。那滋味似整个世界都理解了我，似乎所有人都懂得了我。一个少年的心，对着辽阔的蓝天，无言里却有着万语千言……

二

三十七岁时的我，一口气写完了一部长篇小说，那是一部农村题材的小说。小说跨越三十年，内容伤感而励志，故事诡异曲折多变，二十多万字。

经女友遐介绍，被长春电影制片厂的一位编剧看中了，遂改编成剧本，我乐不可支。那时我捧着自己写完的书，像一个新手宝妈抱着自己的孩子，真不知道没有文学和文字，没有了我的书，我该怎么活？！

那是冬天里的一个黄昏，我和我先生与长春电影制片厂的编剧及导演走在长春人民大街的冷风里。风卷着落叶，西天有紫金般的晚霞。几位老师走在我们的前面，他们谈着我写的作品。我和先生紧随其后，不敢作声，不敢提问，更不敢谈稿费的事宜，只有人家问到了我们，我们才说话。

H导演说："感动我们的是你小说里的那一个个细节。"

我点头，内心七上八下，激动而紧张，谨言慎行，不敢有半点造次。

回到旅馆，睡不着，就站在冬夜里的阳台上看满天的星星。欣喜得不知要做什么，明天来临将会发生什么。

　　当时不知天高地厚，年轻气盛，空有一腔豪情壮志。到最后剧本还是因为资金不到位而被搁浅了，我的书又平静地躺在我的书柜里，长春电影制片厂的编剧费了九牛二虎之力编完的整个剧本也不了了之。

　　一种腾空又摔在地上的疼痛令我猝不及防，所有理想碎了一地。我恍恍惚惚，痛心难耐。这当头一棒让我清醒了，默念着鲁迅那句："真的猛士，敢于直面惨淡的人生，敢于正视淋漓的鲜血……"

　　我重新面对生活、面对每一个日子，好在我并不是靠写作收入过日子，很幸运，我有自己的工作，我是千千万万记者里的一员。

　　一别经年啊，往事被塞得满满的，全是内心最不愿意翻阅的昨天。时间恍惚过去，怅然一叹就是很多年！

原名和笔名

一

用"上官阿雅"这个名字在网上写作，已经十多年了。第一本文集尚在签和没签的当口儿，朋友知道了这消息，颇有微词："赵玉楠，好好的一个名，为什么不用？用什么上官阿雅呢？！"

我傻笑，无言以对。

朋友走了，我的内心忽起波澜，是啊，我为什么不用我的原名呢？！

人言大丈夫，行不更名，坐不改姓。我非丈夫，可我也是带着父母传承来到人间的，我的档案、我的历史、我的一切皆署上了我的原名。上官阿雅多么陌生，多么矫情，多么空洞啊！这样越想就越觉得我的原名好。

在签约日子之前，我小心地把电话打过去，人和语气都极其卑微。

我对编辑说："我还是想改了'上官阿雅'这署名，我要用我的原名。"

编辑无语了半天，没吐一个字。

第二天编辑传来话，他一字一板地说："老总说，你如果坚持要用原名，那出版社就不和你签约了。"我怔愣许久，放下电话，再不敢声张。

哎！细想，名字不就是个符号吗？任张三李四、狗剩儿、冯歪嘴子、胡屠户，无一不可。只要自己愿意，随意取。比如《红楼梦》里的迎春，大家都叫她二木头；《西游记》里的猪八戒被称为呆子；《水浒》里的吴用，人们都叫他智多星，林冲被称为豹子头。

歪名好养……

忽然想起，我们村的人就热衷于给人起绰号。什么二胖子和小丫蛋，可怎么没有"山有嘉卉，侯栗侯梅"呢？乡野原始的风，刮得无拘无束，很幸运童年的我没有绰号。

二

2005 年，新浪、搜狐等国内各门户网站，开始进入博客的春秋战国时代。我于 2007 年注册了新浪博客，那时新浪博客正火。一个字的名字根本注册不上，两个字、三个字的名字也不好注册，忙活了小半天，白忙活。后来我就用了四个字的注册，那么叫什么呢？费神思索了半天，这时一个名字跳将出来——"上官婉儿"。我顺势将"婉儿"删掉，填了阿雅。哎！一次成了！

从此"上官阿雅"这个符号，像个流浪的孩子，陪我走过漫长的写作历程。它沉默地栖息在我写作的光阴里，同我休戚与共，一路前行，再也改不了了，后来我明白，如果我当时随便叫个阿猫阿狗，也就一名定终身了，恐怕再难更改。

名字是跟随人一生的符号，现在我的网文、投稿文以及文集署名，都是上官阿雅，我不再妄求，愿此生和来世，就用这个符号在文字里修行了。

我的原名叫赵玉楠，小名彬，彬的意思是文雅。父母的心思可能是让我内外兼修、更美貌。

事实上，本人长相平平，实在和父母的心思相悖。后来我的名字又改了，叫朝中。

"楠"和"彬"，有区别。楠木是坚韧蓬勃的，人也一样，可以不美丽，但最不可缺少坚韧。为了这名字里坚韧的启迪，我发自内心地鼓励自己，无论写文还是工作，任艰难困苦，好好作为，才能不负今生。

少年弄笔写作，总是为赋新词强说愁。说起来脸红，也曾为自己正儿八经地取了笔名，叫雨燕，想飞得更高。如今想起当年，觉得可笑，你能飞多高？动此意，不过是年少不知天高地厚罢了，充其量不过是人山人海里的一个热血青年而已。

"雨燕"还有喃喃雨燕啄新泥的意思，小小的年纪，无论名字叫什么，露怯是一定的。投稿如泥牛入海，都是正常的事儿。后来索性就用原名投稿，有道是行不更名，坐不改姓，突然明白，还是我的原名好，那是我父亲传承的姓氏！

我的文字，在各个纸媒连成大小不一的豆腐块。或有人注意，或默默无闻，都是原名发表的。那时高兴得像个孩子，拉着女友的手，不管人家爱不爱听，一味心思地说啊说。说着文学和诗，说着自己的梦想，说着未来可期，说着我的理想，说着我有两条生命，写作是我的另一条命……

其实最怀念的，还是父母喊我小名的日子。就像童年时的左邻大妈在喊："老崽！回家吃饭喽！""逮平儿，小兔崽子！快回家吃饭！"他们老家在山东龙口，把吃饭叫"逮饭"，把他的儿子平儿叫"逮平儿"。那发自内心的声音，似穿过整个黄昏和原野，是疼爱加怜惜……

童年的我几乎没有玩伴

一

葱茏的旷野、薄雾的村庄、入眼的繁花、白杨树叶飘落的小路、书声琅琅的课堂，仿佛瞬间时间与地点都旧了，可是往事入心，很难忘记……

隆冬的北方，一日两餐，小孩子们都觉得饿。我也饿，但忍着。

新学期重新排座，老师一改以前的排座秩序，他说："以往座次打乱重分，分到谁是谁，听明白了吗？"同学们坐得笔直，齐声回答："听明白了！"

我的新同桌，是个小男生，我们莫名地互相敌视。刚刚排好座，小男生迅即用粉笔在书桌中间画上线。彼时我拿起粉笔头，在他画好的线上，又重重地画了一遍，然后直视小男生将粉笔头扔掉。我坐里面，他坐外面，森严壁垒，目不斜视。每每谁超越了界线，两个人就会用肘部斗鸡般地顶过来，争得面红耳赤，却一言不发。

下课钟声一响，同学们哗地涌出教室。我使劲扭着身子，才能挤出窄窄的空间。书桌倾斜，新同桌的文具盒掉在地上。他不捡自己的文具，而是一言不发，将我的文具盒迅即撇到地上，那时真是楚河汉界，寸土不让！

新同桌总爱从家里带饭，他的饭一成不变，都是土豆白菜泡高粱米饭。我那时没有任何鉴别力地阅读感兴趣的文字，贪婪地阅读没有封面的《红岩》《钢铁是怎样炼成的》，还有埃勒里·奎因写的《希腊棺材之谜》，更是视若珍宝。

大约我和新同桌一学年也不讲一句话，就这样冷战到底。他常常是在第三节课的课间，忘乎所以地吃饭。凸凹不平的铝制饭盒，一盒土豆白菜泡饭，在火炉上烤得芳香四溢。

"上课！""起立！""老师好"的声音刚落下，他就急不可耐地趴在书桌下往嘴里扒饭，吃相十分不雅。老师轻轻地走到他的跟前，他要躲藏，结果他的泡饭撒了一地……

我背着老师读"禁书"《希腊棺材之谜》，也被当场捉住，此事非同小可，我被老师一顿痛批，悻悻地回家，也不敢告诉大人。因为是"禁书"，书被彻底没收了！心里流泪却沉默无声，只恨自己太不小心。难忘那岁月……

二

唯一的朋友，是一个胖胖的女孩，她叫香子，我和她常在一起玩。村后有一条水坝，时而看见香子被她妈妈捉住，抱在怀里，给她洗头、篦头、捉虱子。我却在坝下，不住地喊她："喂，我们去看成片的红蓼花吧！"香子大声地回我："那有什么好看的！"

我悻悻地转身离开大坝，回家。

适逢一群燕子在檐下衔泥，我盯着它们看了许久。想象它们为什么

123

每年还要飞回南方，为什么要飞那么远的路再回北方，它们在路上会有怎样的艰险和风雨？

于是同邻家的小伙伴一起，费劲把檐下的一只燕子捉住，在小燕子的腿上系一根细细的红线，然后又把它放飞。看着它飞没了踪影，然后再察看燕巢。

接下来的日子，时而会有一丝惦念涌上心头。彼时，母亲在屋前晒被子，洗衣服。我扳着手指暗暗计算，还有多少天就是秋天了，还有多少天就是白雪皑皑的冬天了。待春风一吹，那只带红线的小燕子还会回来吗？心里会时刻记挂着这件事，反复查询，它真的能重返故里，它真的能找到旧日堂前吗？

三

雨季到来的时候，天总是沉闷的，寂静的午后，篱笆上红色的豌豆花红如火苗。我和几个小孩子光着脚丫踩着雨停后的水坑，大声对着天空喊："下雨啦！下雨啦！孩儿孩儿快长大！"

大家都不午睡，紫色夕阳爬满篱笆，雨后万物挂满了露珠。一群孩子结队扯成圈儿，比赛谁喊的声音最大。于是那声音在雨季里响彻云霄："下雨啦，下雨啦！"有时，天空真的就有雨点飘落下来。我和伙伴们望着雨点淅淅沥沥，大家飞散开来，各自跑回自己的家，躲进屋里，趴在窗前，看雨描摹灰蓝色的村庄和大地……

我的伙伴依旧是香子。她踢布包，能一气踢二百多。

黄昏薄凉，微紫的天，淡白的月。纸窗里，我们被一位大婶讲的狐仙鬼怪的故事迷住了。讲完了，不管人家愿不愿意，也不想她走，追根索源，急不可待地等待听下一个故事。

可是大婶急了，她不讲了，小伙伴们面面相觑。大婶说："好了好了，你们都回家去吧！听话的孩子、不撒谎的孩子，还有不尿炕的孩子啊，七月七的晚上来临之际，趴在葡萄架下，能听到牛郎和织女的说话声呢！"

我和香子的眼睛晶亮晶亮地盯着大婶，然后直视着她说："是真的吗？"

大婶说完举起手说："天地良心，千真万确！好了，你们都快滚蛋！回家睡觉去吧。"

日子次第来临，七夕节到来了。傍晚，灰暗的天，细雨似有若无。静静的篱笆下，我和香子潜伏了下来，守候在讲故事的大婶家的葡萄架下。心咚咚地跳，头发和衣服都落上雨滴。

我们谛听着葡萄架下的动静，等啊等啊，等待着牛郎织女降临那一刻，等待着他们的相会。万籁俱寂，只有雨滴淅淅沥沥地小声喧哗，还有我和香子的小声争论。

我问："他们怎么还不来呀？"

香子迷茫地说："我也不知道啊！"

我又问："他们真的会来吗？"

香子摇头后又点头。

我追问："到底是能来还是不能来？"

香子叹口气说："关键是他们到这儿的路太远了。"

我泄气了，觉得此事儿有点不靠谱，然后说："是啊。真是路太远了！"

香子使劲碰了我一下说："人家都说他们只需吹一口仙气，就能飞来了。"

我被香子这句话鼓舞得心怀希望，接着是无语的激动和沉默……

不一会儿，院子里响起了急促的脚步声，知道是大人们出来了。他们误以为这声响一定是有人偷他们家的东西来了，我和香子吓得落荒而逃。跳过篱笆，消失于夜色里。之后我们守口如瓶，我和香子成了童年的知己难友。

现在忽然想起李白的句子："小时不识月，呼作白玉盘。又疑瑶台镜，飞在青云端……"

四

在一个极其纯色的时代，往事沉淀得像湖水般清亮……

孔乙己说："窃书不能算偷……窃书！……读书人的事，能算偷么？"

可是偷玉米算偷吗？

那一定是算偷的。

我的童年，小孩子们常去生产队偷玉米，其实心里也有一种窃书不算偷的侥幸。那时处于计划经济，主人翁的感觉爆棚，什么叫偷玉米？那不就是自己家的玉米。

护青员一丝不苟，严肃认真，秋毫无犯。可是胆大的小孩子却有"犯上作乱"、爽快得手的机会。中午护青员一回家吃饭，他们就蝗虫一样扑到生产队的田里。

夏秋之际，我家后院的坝上，老护青员忠于职守。他黑黑的脸，蓝衣黑裤，嘴里叼着粗粗的旱烟，在坝上来回走动。尽管如此，依然有丢失玉米的现象。

神偷大胖，隔三岔五就会战果累累。一筐一筐的玉米拎回家，而此时老护青员就坐在地头打瞌睡。我站在墙角，惊心动魄地看着这现实版的谍战片。日后每每回忆，都会不自觉地想起电影里的一句经典台词："空气在颤抖，仿佛天空在燃烧！是啊，暴风雨就要来了……"尘埃落定，一切归于寂静，似乎什么都没发生。侥幸的大胖坐在他家的墙头上微笑，田野依旧如天幕般辽阔旷远。

这些都不重要了！重要的是大家都离开了原地，那一个个曾经的少年，那天蓝水清的少年时光，永远过去了！我们都已长大了。

有关于小男生、香子、红蓼花、南飞的燕子，还有背着老师读"禁书"都远去了。那辽阔的玉米林海，紫兰与碎金的晨、晴朗的月夜和沉沉的午后，都四散而去却又流光溢彩。

那时，和大姐学会了一首最好听的苏联歌曲《白桦林》……

> 静静的村庄飘着白的雪，
> 阴霾的天空下鸽子飞翔，
> 白桦树刻着那两个名字，
> 他们发誓相爱用尽这一生。
> 有一天战火烧到了家乡，
> 小伙子拿起枪奔赴边疆……

文学最初的启蒙

一

所有这些，可能都是我最初的文学启蒙。

傍晚熄灯了，全家人听有线广播里的八点半小说《矿山风云》《岳飞传》。苍凉如水的夜，被小说里的故事塞满。一切轻如浮云，我悠悠睡去。AM/FM 里的声音，是童年最值得回味的声音。在我私人的文学地图里，也有那晚和那晚聆听的一切，那年那月，岁寒，尤记它的功德……

小学距我家一里路，那是一排十来间的土平房，木桌椅，学校有一到七年级的学生。那时上学没有校服费、保险费、班费、教辅费，更没有学费、杂费。上学几乎没有花销，只要买本子和铅笔挎上书包就可以了。课本是国家发的，也不用大人接送。

小学校园里一片原始的美，接天引地，四周盛放着五颜六色的扫帚梅花。没有围栏的操场和广袤的田野接壤，田野不远处就是一个村庄。那里就是我的家，我日日背着书包，往返于小学和家中。

小学五年级时，我就有个书箱，它是我保管的。在姐妹兄弟众多的大家庭，父母给了我这个权力，由我管理书箱。那时的书有《红岩》《青春之歌》《钢铁是怎样炼成的》《烈火金钢》《奥斯特洛夫斯基传》《唐诗三百首》《红楼梦》《希腊棺材之谜》，还有没有皮的《水浒传》《十万个为什么》《苦菜花》《迎春花》，等等。

风从北窗吹来，哗哗地翻阅我的课本，后园子的蜀葵花爆开，此刻所有不悦都化作愉悦散开。我捧着收音机听《叶塞尼亚》，聆听外面的世界。与外面世界接壤的还有童年的露天电影，无论怎样的风雨，怎样远的路，在哪个村，都要跟随着看电影的队伍，呼呼跑去，不知疲倦。要明白，那时的电影，是我梦寐以求的文化盛宴。

二

我初中的语文老师就是我的班主任，是位男老师，每年的运动会他都是领队。老师帅气地走在队伍的前头，我们大家跟在他的身后齐步走。

老师个儿高英俊，每天语文课，他都讲许多我未知的事情。他讲长城有多长，海的尽头是另外一个国度；爱因斯坦和爱迪生有多伟大；东南信风吹来的时候，我们窗前的雪就融化了，那时春天和小燕子就来了。

那时心田里似有一股暖流，觉得做他的学生，既知足又幸福。

后来老师发现我的作文写得非常好，拿着我的作文在全班表扬说："今天学习的范文是我们班×××同学写的……"此时整个教室都静了下来，大家都静静地听老师读我写的作文。

后来老师借给我一本作文选，叫《我爱南宁》。棕黄色的书皮，上面有几个隐隐约约的线条，勾勒着悠远的山河岁月。我日日背在书包里，十分喜爱。有的段落，都能一字不落地背下来。至今还记得，我仿照那里面的一篇作文，写了一篇观后感，叫《当我看完电影〈列宁在一九一八〉之后》，又得到老师由衷的表扬，那一幕，犹如春风拂面。

只是那时总有一个怪念头，总认为老师是和我们不一样的，总认为他每日都能吃到香甜的桃酥和夹心糖，总认为老师应该像《西游记》里的神仙一样能活十万八千岁，老师的家一定是富丽堂皇的……

老师家访那天，就我一个人在家，得知这个消息时，我正在距家不远的街口玩，看到老师我心咚咚地跳，飞快地跑回家，看到我们家屋里和院子都很乱，想好好地收拾一下，可是一切已经来不及。

院子里堆着新割的饲草，厨房有未收拾的碗碟，地上有乱纸，有我小哥洗澡后半湿不干的臭鞋，还摞在最显眼处。

我想把我小哥的鞋藏起来，这时老师已经走进了院子，我将鞋藏在身后，眼睛望着我的老师，不知所措。"老师好！"这三个字还没说出来，我的眼泪已经快要流出来了。

那该是我前半生最尴尬的时刻吧？我拿什么拯救你——我在老师心目中的形象！后来我去外地读中学了，后来我又去远方读书，后来我的班主任老师也改行了，事业做得风生水起。

再后来得到一个最不幸的消息，是老师的噩耗，天妒英才……

老师没有活到十万八千岁，而是很年轻就永远地走了，我和我的同学都参加了他的葬礼。

那些青涩的时光啊，一页一页珍藏在心里，可能都是我最初的文学启蒙。

我在文字里修行

时间恍惚过去，我经历了上学考学，读师范中文专业，然后毕业做了几年语文教师，又当记者，做了编辑。回眸，我的工作和爱好，似乎一直是两家脱不了干系的亲属。

日子总是席卷着不同的笑容和泪水，写作断断续续，但始终是我最爱的倾吐方式。每当写完一篇作品时，我就会有无尽的快乐，这和其他任何事物给我带来的感觉是不一样的。

我有一摊工作。我是编辑，每日不但要圆满完成工作任务，时而也要当记者，要下乡，还要处理和接待全市文教方面群众的来信来访。我还要下乡实地调查和掌握第一手材料，然后将材料呈现给我的领导，然后向人民群众反馈。

怎么办呢?

如果我停下来，只坐在案头唰唰地写作，那该多好啊。可是现实是，我既没资格也没时间。我为人妻、为人母，最切实和最务实的是，我要过好每一天，每一天都要有一日三餐，管理我的孩子，打理这个家。

从周游世界到喂马劈柴，从关心粮食和蔬菜到远望大海春暖花开，人生每一个瞬间都需要调剂安排。身为母亲和主妇，每每看到家不像个家，孩子不像孩子，我就心烦到无以复加，就整夜睡不好觉，就坐立不安。但是让我完全放弃写作，我又怅然若失，我就想念它，甚至魂牵梦绕、相思成殇。

这世上每个人都是贪心的，也包括我在内。人精神世界的欲望，更是得陇望蜀。我的心告诉我，人不是说仅仅有了一份满意的工作就可以了。人之所以快乐，是因为活在一种热爱、激情和感动之中。这种感动和热爱像一种热能，是一种动力，是美好家园里最有奔头的事。

何去何从呢？

我必须合理安排我的时间。我们每个人每天都要吃饭、睡觉、工作、消费，儿女情长、俗人俗事、烟火尘埃，生活是最美好的源泉，一切生活如果脱离了精神慰藉，都必将是短命的！

所以，写作依旧是我的爱好！

高兴了写，不高兴了写，它是不公开的。可是它依然让我沉迷、忘我，它让我云朝雨暮，风月常新。无论是四野空旷还是凋敝蛮荒，我的日子和我的山河故居都会弥漫着连绵起伏的花香。

我与写作是什么关系？是旷日持久的爱恋吗？没结果、没答案，而且自己还掏心掏肺、心甘情愿！

我朋友圈作家和写手、文学爱好者和文青们比比皆是，他们写啊写啊，辛苦而执着，为了什么啊？是喜欢，还是为别的什么？如果你认为写作是一种幸福，那么你就写，不然别为它而耗尽了仅此一次的精彩人生！

我读过路遥的所有作品，路遥的小说《人生》获了奖之后，去北京领奖没有路费，他向他弟弟借了五百元钱才得以去北京领奖。

王小波的《黄金时代》我读过，可是他死的时候，"时代三部曲"在出版社尚处在发排阶段。也就是说，他无缘和他的"时代三部曲"打个照面，死后才名声大振。海子北大毕业，是天才诗人，可是生前没有正式出版过他的诗集……

多年未见老师，我们聊起来，聊得最深的是这么多年走过来的经历和体会。我没有谈及文学，可是老师问到了我的文学创作。我说："老师，尽管我也时断时续地写作，可是我没有因此耽误过日子，没有耽误我的孩子……"听到我的话老师大笑。

我明白老师笑我这番土得掉了渣的话，是那么实在和贴心。

是的，人人都是红尘中的你我，你能绕过柴米油盐，去闭门雕塑你的梦想吗？你能让你的丈夫和孩子一起陪着你集全家之力实现你的愿望吗？这样做太残酷了！我做不到。

有一段时间，我彻底把写作放下了。我发誓从此金盆洗手，绝不在这块地儿上留恋了！宁可去练摊儿、打零工，也再不在此窝心窝火了！

有时真的不是你写得好与不好的问题，这个问题太复杂，太一言难尽……

怎么办呢？我不写了！总可以了吧。

干什么呢？玩！

做瑜伽、逛商店、骑自行车、去摄影、去打乒乓球，反正我又没指望它来养活我，那一阵子我和我的文学之恋彻底告吹！我对自己暗暗发誓，如果再犯瘾，就剁掉自己的手指。

因为心受了伤，所以不再回头。

之后患病，北漂，单位散了，经历添了，风霜也有了。我发现我的头顶已经有了白发！清代的一位文人写道："重叠泪痕缄锦字，人生只有情难死！"

忽然有一天，我与文学的情缘死灰复燃！某日我在报纸上看到旧友在文学事业上风生水起，心一下子受了震动，于是直扑到电脑前写自己这些年的感触，这一写就没有回头。

感谢文字，给予我力量和支撑……

第七章　山水间

人间海棠

一

海棠花，

有说不尽的美！

我住的院子，也没数过究竟有多少棵海棠树。人间海棠啊，四月刚过，花儿就全开了。忽如一夜春风浸染，抬头低头都是花儿，如美人照水的惊艳，像恋人卧眠的贞静。羞赧的、踌躇的、痴笑的，轻抚眉鬓的，淡淡妆款款笑的，还有"昨夜雨疏风骤，浓睡不消残酒"的，还有"小蕾深藏数点红"的。万千姿态，梦幻般开放，有酒红色的，淡粉色的，雪白的，有雪白渐变粉色的。

在慵懒的下午，我一眼望去，美到惊心，艳到惊诧！

我把书撇到一边，竟无心做别的事。只在花间走着、望着、想着，人间奢侈不过如此吧。

海棠花美，素有"国艳"之誉！

海棠花的品种有十七种，常见的有西府海棠、垂丝海棠、贴梗海棠、毛叶秋海棠、滇池海棠等。

在北京，海棠花到处都是。别说中山公园、植物园、奥林匹克森林公园、颐和园、恭王府、陶然亭了，随便一个胡同和街心小公园都有海棠花的身影。

最著名的海棠花溪在元大都遗址，它在奥林匹克森林公园南侧，地处熊猫环岛东侧。这片高低不平的土丘，七百多年前是元朝的都城，现如今俗称北土城。

美丽的小月河，从中穿过，这岸是元大都的遗址，那岸是白墙灰瓦的仿古建筑，夹岸是五千株海棠花。北京海棠花开得最多最美的地方就在这里，如梦似的……

小月河河水旖旎，河岸上下，临水照花。海棠花成林、成片、成溪、成海，染了地，染了天，染了整个心情……

此地为北京的海棠花溪，名副其实！

二

说起李清照，她是爱海棠花的。于仲春时节，一大早起来，睡眼惺忪，就写了《如梦令》，"知否知否，应是绿肥红瘦"。

一句话，就是美。

爱美爱花是女人的天性，无论你是邻家女孩，还是千古词人。

然而也并非如此，张爱玲有一句最著名的话，她说："人生有三恨：一恨海棠无香，二恨鲥鱼多刺，三恨红楼未完。"后"两恨"可以理解，前一恨却无法苟同，其实海棠花也是香的，只是味道淡了一些而已。世无完人，花儿也是一样的道理。

三

历代，写海棠的诗词究竟有多少呢？我没统计过，只怕很多。在《红楼梦》里有海棠诗社。

陆游写下："谁道名花独故宫，东城盛丽足争雄。"

唐寅写下："自今意思和谁说，一片春心付海棠。"

晏殊写下："海棠珠缀一重重。清晓近帘栊。胭脂谁与匀淡，偏向脸边浓。"

苏轼写下："只恐夜深花睡去，故烧高烛照红妆。"

近十一月，初冬，疫情反复，我居家翻看着电脑里的照片，凝视文件里储藏的盛开的海棠，我为它而深深动容，彼此人间，花开花落，它给予我的温暖与美好何止落于文字里……

今晚我睡在德令哈

一

行走在戈壁滩，如同一眼撞见了生物的起源地和亘古洪荒，如同一眼撞见了地球从未有过的高冷和矜持！我欢喜并兴奋着，抓拍着我见到的一切。

可是长长的路，也有些小绝望……

一片戈壁滩连着一片戈壁滩，单调不变的风景，云朵和阳光晃眼，蓝天下的昆仑雪山蜿蜒伸向天边……

一路看不见人影，没有嘈杂，没有河水溪流，干旱的戈壁滩上只有苍鹰偶尔从头上飞过，只有汽车的引擎迎着风声呼呼作响，只有一朵一朵的骆驼草在戈壁滩上嘶嘶地摇晃……

这是我来到青海，它交付于我视野的第一张明信片。

我暗想，假如我被抛在这儿，假如就我自己孤零零的一个人，我该怎么活？

2021 年 8 月 2 日，我行走在柴达木盆地的腹地，这里平均海拔三千多米。这里的自然景观全是干旱、盐化的沙漠，无边无际。

二

山似乎一夜被剃光了头，寸草不生。

山体险峻得如一斧劈开，像个肆意妄为的顽童。莽莽的昆仑雪山，它横贯新疆、西藏，伸延至青海境内，最高山峰海拔六千多米。遥望昆仑雪山，似走到了世界的尽头，像闯入了地球的禁区。这亘古的沉默，这解不开的死寂！我坐在车上，一直凝望着它，想洞察它所有不为人知的故事……

可是它是一片圣地，是一片无人禁区，是我此生到不了的地方！

传说中女娲炼石补天、精卫填海、西王母蟠桃盛会、白娘子盗仙草和嫦娥奔月等都出自这里……

可是即便荒凉，即便无人行走，我们还是有路可行，我们的车疾速行驶在高速公路上。

三

干旱造就了大西北千里无人区，这里曾是汉朝时期汉民族和匈奴的古战场。唐玄奘踩着滚烫的黄沙石砾穿越这里西去取经。路过格尔木……

我来自东北，看惯了雪，听惯了风，耐得住寒冷。可是一个从未来过高原的人，一个写作码字的人，一个囤积了对大西北那么久的热情的人，遇到这样的景致，似长期饥饿状态遇到丰盛美食，那种从未有过的饥饿感，让我满腔热忱。

汽车一旦停下来，我就疾步如飞，不错过任何一处风景，之后我就产生高原反应了，头痛、腿无力、恶心。

导游说："要慢走，保持体力，绝对不能快走。"还好，傍晚，我们到了德令哈。

四

戈壁滩上，一个绿色的城市出现在我眼前，它叫德令哈。小小的，绿树成荫。

德令哈是蒙古语，位于举世闻名的柴达木盆地东北边缘，地理位置处于东经 96°15′—98°15′，北纬 36°55′—38°22′，平均海拔约三千米，在这里的居民多是蒙古族和藏族。

有人说，爱一座城，是因为那里有你爱的人。德令哈有我熟悉的人吗？

多年前我读过海子的一首诗，这首诗的名字叫《姐姐，今夜我在德令哈》，我最先是在这首诗里知道了"德令哈"这三个字。

姐姐，今夜我在德令哈，夜色笼罩。
姐姐，我今夜只有戈壁，
草原尽头我两手空空，
悲痛时握不住一颗泪滴。
姐姐，今夜我在德令哈，
这是雨水中一座荒凉的城，
除了那些路过的和居住的，
德令哈……今夜，
这是唯一的，最后的，抒情……

行走一天，疲惫至极，我的心捧着海子的诗，端详着眼前的德令哈，心里也在呼唤：我的亲人啊，今夜你知道我在哪儿吗？我在天边的一个小城，我在昆仑雪山下的一个小城，我在高原之上的一个小城，我在白水河和巴音河畔的一个小城，我在海拔三千多米的高原小城，我在柴达木盆地被戈壁滩包围的一个小城……

夕阳西下，在德令哈，我听到草虫亲切地鸣叫，我看到了高大的树林，白色的珍珠梅和各色花朵。我看见了傍晚的行人和车辆，我闻到了奶茶的香气。我在城市的楼宇间端详着昆仑山下的德令哈，端详着被夕阳染成金色的德令哈，端详着穿透我心之空旷的德令哈……

可是高原反应让今夜的我注定不眠，睡在德令哈的我，长夜陡然漫长。

睡不着，翻来覆去睡不着！我躺在床上，品味着海子的诗……

想着往事，想着漫漫黄沙，想着成功与失败，想着大漠孤烟和长河落日，想着"高楼当此夜，叹息未应闲……"想着羌笛杨柳下，我明天该在哪一站驻足……

五

一座高原小城，屹立于八百里瀚海戈壁上。何其不容易！

导游说："这里种活的每一棵树都要花相当于平原地区几倍的钱。在一排排树苗之间都埋有地下的灌溉系统，这里天热，水蒸发得快，通过这种暗渠，把水一点点渗下去树才能活。"

我暗暗敬佩这里的人们，这些来之不易的树，昭示着德令哈人不屈不挠的精神。

德令哈，亲爱的德令哈，再见了！这沙漠腹地里最美的城市。

漫游故宫

一

无论我的内心囤积多少妙语华章，都表达不尽它俊朗华丽的底色，它深厚悠长的历史底蕴，它壮丽威严的皇家气派。它还有那么多神秘的故事和传说……

行走在故宫，满眼都是历史……

它相貌堂堂，精神矍铄，它以无与伦比的风格成为今天人们旅游瞻仰的千古建筑。

看到它，你会有敬佩、庄严、悲哀、耻辱、忧伤、惋惜、痛恨、热爱，无尽心思涌上心头，说不清、道不明的那种感觉……

我伏在金水河畔的汉白玉栏杆上，望着金碧辉煌的太和殿。当时和平解放北京，对于中华民族，对于今天和历史，对于后人，该是多么明智和美好的重大抉择！

二

故宫我去过多次，听说最近举行六百年珍稀大展，我当然不会错过这次机会。2020 年 10 月 29 日，我踩着金色的阳光，又一次来到故宫。

神秘的紫禁城，位于北京市中心。三大宫殿是核心，占地七十二万平方米，拥有七十多座宫殿，近九千间房屋，是世界上规模最大的保存最为完整的木质结构的建筑群！

不仅如此，故宫博物院保存的文物数量相当惊人，将近两百万件，每一件都是无价之宝！

而故宫本身，就是一座被世界仰望的瑰宝和皇家宫殿。直至今天，为数不少的人，为能游览故宫，而一辈子倍感自豪！

三

浓烈的秋风吹落了金黄的银杏叶，它一层一层地落在地上，一层一层地落在大街小巷，一层一层地落在我情感交织的心海。此时不出门亏了，不走在红墙碧瓦间亏了，走在红墙碧瓦间，不写点什么就更亏了。

新中国成立后，末代皇帝溥仪 1959 年被特赦。此时他成为中国一名普通居民，他要在北京落户口。登记户口的时候，登记员问住处，他说他家是紫禁城，登记员瞅了他半晌，不知该说什么。当然后来的故事是，不可能真给溥仪记成紫禁城，据说最后是填了他妹妹的地址。

还有一次，溥仪和他妻子陪友人出去玩。友人非要拽着溥仪去故宫散步，说溥仪作为那里曾经的主人对于那里的路最熟悉了，溥仪答应了，大家欣然前往。

可是故宫已经成为国家级博物馆，进门要证件，必须得买票。到了故宫，售票员拿起他的证件一看直接惊呆了！眼前站着的人不就是爱新觉罗·溥仪吗？溥仪作为一介平民，早已没了帝王光环。

售票员收钱时，溥仪微笑着对售货员调侃说："你回家也要买票吗？"在场的友人都哈哈大笑，售票员也非常不好意思。

"旧时王谢堂前燕，飞入寻常百姓家。"我读过《大故宫》，读过许多清史书籍。可是我依然好奇，这位末代皇帝，来到故宫是怎么样的心情？他都想些什么？他也会触景生情吗？

据资料记载，后来溥仪被周恩来总理安排到北京植物园工作，在这期间他写完了《我的前半生》。书里记载了溥仪在皇宫的所见所闻，为后人研究这段历史做出了巨大贡献。

四

言归正传，我还是赶快登上午门，去西雁翅楼展厅参观那些珍宝吧。

此次展览，内容浩大，可谓穿越时空，从明到清！

我去看了网红热门——延禧宫，看了乾隆的养老之所——宁寿宫花园，探访了苏轼主题书画特展等等，还有乾隆皇帝的书房……

珍宝当然要看，可是我依然对皇帝的衣食住行、工作、每天读的书感兴趣……

对了，乾隆的书房三希堂不能错过！

乾隆的书房，故宫从没有向游人开放过。虽然有些失落，可是还好，我看到了乾隆书房里珍藏的御笔真迹——"怀抱观古今，深心托豪素"。

乾隆的书房名曰"三希堂"，在养心殿西暖阁，是乾隆皇帝批阅奏章的地方。后来乾隆皇帝在西头隔出一个极小的房间，作为自己的书房。

而取名三希堂何意呢？因为三希堂里珍藏着王羲之《快雪时晴帖》、王献之《中秋帖》、王珣《伯远帖》三件稀世墨宝，悬挂在这间小房子里，因而得名。

乾隆帝是中国封建社会一位赫赫有名的皇帝，他进一步完成了多民族国家的统一，还有一个功绩就是编纂了《四库全书》。

五

每次来故宫，走到广场北面内左门至景运门墙根那一溜小平房，我都会驻足看看，因为这里是为游人开设的食品店和快餐部。

有时我在那里买一瓶水，微风拂过，我欣然地拿着水，再往前走就是皇宫的大内了。

岂不知我多次走过的那溜小平房，就是清廷最高权力机关——军机处。军机处的小平房很简陋。屋里很窄，以前是有炕床的，占了房间很大面积，若干桌椅搁在一边。家具上盖着蓝布，积满灰尘，房间低矮，没有任何豪华气派。

今天走进军机处，墙上陈列着几朝大臣们向天子上的奏折，历代军机大臣表，还有他们当年用过的东西，等等。

这么一溜小平房，当年可是指挥千军万马的最高权力机关，是雍正帝设立的。

读雍正就会想起《甄嬛传》，在《甄嬛传》里看过太多血腥，什么血滴子的狠毒，什么粘杆处的厉害，军机处的机密……

历史滤过了风，滤过了雨，滤过了硝烟和刀光剑影，几百年前的某一天，就在我站着的原处，也是这样瓦蓝瓦蓝的天空吗？

六

其实电视剧真的不是历史，或许正史太寂寞了，所以野史总挤进一些或香艳、或离奇的故事才好看吧。今天的紫禁城就是一座听雪、吹笙、看落花的历史宫殿，每一处都有深深的禅意。

天有天的事，地有地的事，我有我的事，逛了一天故宫，我要回家了。

天地恒久，人生仓促，当我还兴致勃勃的时候，其实时间已经到了傍晚，故宫上空成群的乌鹊已经归巢了。它们的叫声沧桑而耐人寻味……

我望着金水桥碧绿的河水，浑圆的一枚金色太阳把紫禁城照得金碧辉煌，我的视野里，北京正值一个绚丽多彩的秋天。故宫是人民的故宫，是祖国的故宫，但历史那么耐人寻味，历史中的紫禁城更加意味深长……

北京的陶然亭

一

天下，有这么一个美丽的园子，它叫陶然亭，在北京南二环。

陶然亭，何以陶然呢？

陶然是快乐舒畅的样子，又因白居易的句子"更待菊黄家酝熟，共君一醉一陶然"，所以陶然亭便名闻天下了！

我去陶然亭好几次了，却没有为它写过什么，2021 年的夏天来到陶然亭，我站在沧浪亭前发呆，心里积存的话很多，只是没有动笔。那些日子很懒，积下的债也多。

喜欢文字，也是有代价的。去了一个地方，如果不写，就变成了心中的百转千回，招魂似的放不下，总像欠了账似的。如果不想难为自己，最好的办法就是拿起笔一吐为快。作家都难以逃脱文字的纠缠。那些感慨和喜欢不说，单说那份疼痛般的热爱、那纠缠般的迷恋，就像一场彻头彻尾的恋爱！

二

对于美到情难自抑的山水，波峰浪谷，该从哪儿说起呢？

走在陶然亭里，人们的步伐是慢的，心是放松的；云是袅娜的，湖是碧波荡漾的。放眼蓝天，人在花间，树绕水旁，一切临水照花，和风送暖皆入画了。

冬天里，人影绰绰、淡雾轻烟，走在亭台楼阁间，人像是在梦中。柳丝如线，随风摇曳，湖水结冰了，百鸟已去南方了，赠予陶然亭的留白多了。似乎瘦了静了的陶然亭在冷冬别有滋味！站在瑶台的映雪亭上，环视整个园子，喜鹊飞来飞去，白头翁婉转歌唱，冬天的风让陶然亭周围景色萧瑟无比，像一幅瘦瘦的水墨画。

而春夏秋就不一样了，晴好的天气、湖光山色，小桥流水、花影重叠，处处绿意盎然又平添了远意。听历史，抚今追昔，令人感叹。锦秋墩、燕头山、玫瑰山、鹦鹉冢、赛金花墓遗址、高君宇和石评梅墓，一切尽在不言中…

你坐在湖中的小船上，听风、听雨、听历史。站在望江亭上，看日、看花、看过往……水天一色，恍如似水流年。你顿感每一寸光阴弥足珍贵！

陶然亭啊，似乎一缕风、一片湖水、一棵树、一个亭子间，都有来历，都铭刻了历史的真迹。

在这里龚自珍留下诗文；

林则徐、张之洞留下楹联；

谭嗣同留下笔迹……

而近代的陶然亭，更有着光辉的历史篇章。五四运动前后，中国共产党的创始人和领导人李大钊、毛泽东、周恩来曾先后来陶然亭进行革命活动。

陶然亭何以得名呢？

清康熙三十四年（1695年），工部郎中江藻奉命监理黑窑厂，他在慈悲庵西部构筑了一座小亭，并取白居易诗"更待菊黄家酝熟，共君一醉一陶然"句中的"陶然"二字为亭命名。后来陶然亭公园以及陶然亭地区，就因此得名了。

三

张恨水来到这里留下散文《陶然亭》，然后继续他的小说创作。其实张恨水的书，我仅读过《金粉世家》和《啼笑因缘》。他写的自传《我的写作生涯》只读了一半，正在读他晚年写的《八十一梦》，他是一位伟大的高产且受众面极广的作家。

一提起张恨水，就想多说几句。他可谓是一位文学大家！在五十多年的写作生涯里写了三千多万字，小说一百多篇。

踩着张恨水曾经走过的小径，听着历史回声。多少岁月的光芒，折射在陶然亭的深处，令人深思感慨……

四

陶然亭，仅去一次是说不清楚的，因为天下的名亭大约都集中在这里了。

陶然亭是中国四大名亭之一，园内共有三十六座亭子：陶然亭、爱晚亭、湖心亭、醉翁亭、鹅池碑亭、兰亭、二泉亭、报春亭等等。

每个亭子都有典故，都有来历。

陶然亭像一部厚重深沉的典籍，静气，美丽！

五

2021 年 5 月的某日，我又一次来到了陶然亭，这次是特意来看月季的。

陶然亭的月季园，简直美得无法言说！那气势也极有特点，不拘泥，想怎么铺陈就怎么铺陈，洋洋洒洒，恢宏大气！成环、成带、成片、成山，然后就连成海了。花儿开放时节，似排山倒海，呼啦啦地开放，简直是十万狂花入梦来，粉的、绿的、黄的、红的一起闯进视野……

又好久没去陶然亭了，不知雪中的陶然亭是什么样？如果站在少陵草堂碑亭上，远望蓝如水洗的天空，一定足够壮阔，足够别具一格！

天坛

喜欢清史，更喜欢天坛。

所以天坛曾去过多次，人生最美好的事，莫过于看一段活色生香的历史。无疑天坛的历史就是这样一部能够吸引我去探访的历史。

经过长廊，慢慢走近祈年殿，太美了，堪称精美绝伦！蓝天白云下祈年殿气势恢宏，壮观巍峨……

天坛是北京"天地日月"诸坛之首，是我国现存最大的古代祭祀性建筑群。

天坛，建于明永乐十八年（1420年），是一座典型坛庙。

明清两代皇帝，每年到了冬至日这天，就来这里对上天表达敬意，祈求国泰民安，风调雨顺。

所以，顾名思义，天坛即天子和上苍对话的地方，传说是距离天最近的地方。

天坛公园有斋宫、圜丘、祈年殿、长廊、万寿亭、回音壁、三音石、七星石等名胜古迹。

漫步在天坛公园，伏在汉白玉栏杆上，耳边是千古风声，遥望缥缈的白云，一种穿越历史的感觉油然而生。乾隆帝来这里敬拜上苍时，耳边不也是这样的风，眼里不也是这样的云、这样的阳光吗？

天坛无论从建筑架构还是美学角度，都是出类拔萃、堪称举世无双的建筑杰作。

它圆形的坛，方形的墙，取"天圆地方"之意。

天坛被列为世界文化遗产。它在暗暗嘱告人们唯有珍惜自然、尊敬天地，民族才会生生不息，人类才会兴旺发达。

那祈年殿的蓝瓦金顶，那支撑祈年殿的红色楠木大柱，那斗拱飞檐，那秀美的长廊，那神秘的回音壁……几百年来，不能不说太神奇、太伟大了！

孟春祈谷、孟夏祈雨、孟冬祀天，是先人留给我们的习俗。也是天坛嘱告后人珍爱自然的体现，青山绿水才是百年大计……

透过天坛深厚的历史背景，更大的吸引力来自这城区独有的森林公园。明清以来，天坛广植松柏，至今已连成森林……那一株株古树巨柏见证了历史，是城区里不可多得的绿植带。

北京天坛公园最"神"的树，是"九龙柏"，它是一株桧柏。生长在著名的回音壁外西北角，如果它会说话，一定会把眼见的历史活生生地讲给我们……

天坛的二月兰也是极美的。它在古柏区，面积达 70 万平方米！

据说自 20 世纪 80 年代后，就连成片了。古树参天，下面是满地的二月兰，无边无际，开得忘我、婀娜，又灿烂！

走在古柏区，脚下和身边的二月兰堆云叠雪、波峰浪谷、随风荡漾、香气袭人，心情无比舒畅。它花朵小，或浅蓝色，或浅紫色。清淡雅致，袅袅婷婷，非常漂亮。

行至其中，珍珠斑鸠偶尔叫着，喜鹊飞来飞去。如走在巷陌田埂，又似走在四月人间……

陆游说："何方可化身千亿，一树梅花一放翁。"诗词是花托生的，而花则是上苍留给人间的一个个念想。如诗如云的二月兰，为天坛又增添无限美趣。

南锣鼓巷，曾住过多少名人

一

第一次来北京，是 1989 年。那时，4 月的微风吹拂着我年轻的脸庞；那时，我还不知道南锣鼓巷是个什么样地方。后来定居北京，岁岁年年，去过多少次南锣鼓巷记不清了。那些老胡同，那些老宅院，那些深厚的历史吸引着成千上万的游客，也吸引着我。无论如何，我心中北京的气场是非同寻常的，2021 年 10 月 12 日，我又一次来到南锣鼓巷。

二

何为南锣鼓巷呢？其实它原名叫罗锅巷，是元朝的一条商业街，已有七百多年的历史。因其地势中间高，南北低，如同驼背人，故罗锅巷。后来乾隆皇帝听到这个名字后，不悦，觉得挨着紫禁城这么近的一条街，竟然有这么难听的名字，乾隆皇帝顺口一说"就叫南锣鼓巷吧"，从此而得名。南锣鼓巷从古至今，为什么那么有名呢？

它位于北京市核心区域，西边是什刹海，南边可以看到紫禁城，东边则是国子监，距离雍和宫也不远。交通有地铁直达，出了巷子口，就是地铁站，公交车更方便。从早到晚，地安门大街车水马龙，川流不息。

看老北京一定要看南锣鼓巷，看新潮北京也一定要看南锣鼓巷，想吃美食也一定要去南锣鼓巷，那些国潮、怀旧、甜美的食品应有尽有……而南锣鼓巷又明星荟萃，中央戏剧学院就在这里的棉花胡同。

南锣鼓巷，长约八百米，从南向北，西面的几条胡同是福祥胡同、蓑衣胡同、雨儿胡同、帽儿胡同等；东边的几条胡同是炒豆胡同、板厂胡同、东棉花胡同、北兵马司胡同……

这些胡同都曾住过哪些重要的人呢？炒豆胡同西口，不远的 77 号门旁，标有东城区重点文物保护单位的牌子，上写"僧王府"，就是僧格林沁的住所。

僧格林沁是谁呢？

他是成吉思汗的胞弟哈萨尔的第二十六代孙，是道光时代的御前大臣，咸丰时代被誉为"国之柱石"。

雨儿胡同 13 号院，曾住过中国画坛巨匠齐白石，院内有他的雕塑，正房还是原来的样子，有齐老用过的画案和被子，其他的屋子有生平介绍和旧物展览。

帽儿胡同 35 号、37 号院，曾住过一位名人，她是溥仪的皇后婉容。若论人生大起大落和命途坎坷，冯国璋还比不过他隔壁的邻居——婉容。

在冯国璋故居以西，35 号和 37 号的两座院子，西路是四进院落，东路是三进院落，这就是末代皇后婉容的故居，又称"娘娘府"。婉容在这里度过了她少女时代最美好的岁月。当年仅 16 岁的婉容，告别自己生活了十多年的家，身着华贵精美的嫁衣，走向自己人生最辉煌的时刻。

随着婉容的出嫁，帽儿胡同里这座普通的宅子也升格为承恩公府。可幸福的日子并不长，大婚两年后，溥仪被冯玉祥赶出北京，婉容也过上颠沛的生活，最后流落东北。

秦老胡同 35 号，也是一座精美的宅院，曾是清内务府总管大臣索额图的府邸。

后圆恩寺胡同 7 号是一座坐北朝南，中西合璧的建筑。原是清代庆亲王次子载勇的住址，蒋介石来北平即下榻于此。

后圆恩寺胡同 13 号，即茅盾故居，中华人民共和国成立以后，茅盾一直住在东四头条 203 号文化部（现文化和旅游部）宿舍。1974 年搬到后圆恩寺，直到 1981 年病逝，在这个小院中度过了他最后几年的岁月。

三

我沿街闲逛着，捧一杯拿铁，当我坐在一个长椅下安静地发呆时，九点的阳光正洒满整个街道。南锣鼓巷是色彩缤纷的，它兼容着中外古今不同的色彩。我稍事休息后，在一家老店铺买了两条真丝围巾，色彩和质量都很好。

我散漫地走着，在此寻找那些旧的痕迹。清朝没落的王孙们，现在都散落在哪里？都干些什么工作？如今他们都是什么样的心态？和一位满族老人攀谈起来，他说他的两个孩子都在国务院工作，他还特意强调："还是现在好！现在的社会好！"他的话掷地有声，发自内心。

南锣鼓巷，寸土寸金，有一个细节妥帖而人性化，让人倍觉温暖。在这里，公共卫生间很多，每一处卫生间，都干净得一尘不染，而且夏天有空调。其实我们的日子，我们的生活，何尝不是在这精心的细节处，抵达了幸福和美好……

南锣鼓巷像一本大书，我又一次翻阅了它。一切语言都稍显多余，可以说在这里，每个院子都有故事，每个院子都是一部历史，一部深厚的典籍……

上海印象

一

对上海的印象是这样的：

她风情万种，并非三言两语可述。

20世纪90年代初期，我住在边境小城，那里几乎没有楼房。我们在小城的录像厅里看到外面的世界，外面是什么样呢？是香港的高楼大厦、纸醉金迷、警匪大战和兄弟情深。听着黄家驹的歌带，在录像里看着和我们不一样的生活，而我们的现实生活是什么样的呢？

那时我做记者，采访的途中，从我眼前闪过的是一片灰秃秃、寥落的村庄，满眼尽是农村的土坯墙和茅草屋。乡镇的路凹凸不平，雨天泥泞难走，等车如同等机会和贵人。我在尘土飞扬的路边摊吃老婆婆炸的油条，喝她盛给我的豆浆，然后再奔跑在路上。

大约20世纪90年代的中国，中小城市和乡村都是这样的吧。

二

2000 年，我有机会去了上海，在上海待了一个星期左右。一下火车，上海给我的印象是不一样的。高楼林林总总，我像是到了异国他乡，尤其紫藤花掩映的街巷，香樟树树荫里时尚的身影，错落的花园洋房和旖旎的苏州河，给我印象都很深刻。

此前的上海印象，都是我从书里读到的。十里洋场看不尽的上海滩，杜月笙和百乐门，上海的黄包车和周璇的歌都给我以憧憬，后来读张爱玲，《倾城之恋》中白公馆戒备森严，《沉香屑》中的豪宅，依稀可见的黄地红边的窗棂，《封锁》里的艳遇故事，等等，那是旧上海。

三

我的童年，印象最深的是上海生产的东西，妈妈说："上海牌子的东西最好！"那时，我触摸到的是上海的温柔体贴和美好。

我记得我家的座钟是上海宝丽牌的，一用许多年，当时还是托人买的。

每年过年妈妈都给我们买一瓶上海友谊牌的雪花膏，百雀羚的散粉，平时就用上海产的蛤蜊油抹手，直到今天我依然对百雀羚这个牌子信赖有加。

那时吃不到上海的大白兔奶糖，蝴蝶或飞人牌缝纫机是妈妈多么想拥有的啊。

还记得二姐回来围了一条上海产的杏黄色围巾，真好看啊！我抢过来，围了好几天也不愿意还给二姐。那美丽和自得像是贴上了标签，记忆幽深的远方是上海这座城市带给我的。

这次去上海，看好了一件衣服，心惦念着。

不舍得花钱，可还是买了，一件纯毛的大衣，在新世界百货大楼买的。童年的渴求一下子得到了满足，做工精良，质地好就不用多说了。至今时而穿穿，样子依然大气。

上海在改革开放之前就是我国的轻工业基地，它的轻工业品走入了千家万户。

四

可是上海也有上海的不足，上海的冬天没有暖气。

去年冬天，居住在上海的同事发来微信说："阿雅，这个冬天又湿又冷！"

我居住在北京，暗笑，马上打趣回他："我这里的冬天又干又热！"

上海是一座非凡的中国工业城市，也是伟大的中国共产党的诞生地。上海更是一座不夜城，月光下，黄浦江风平浪静，东方明珠塔和金茂大厦壮丽雄伟。还有那赋予典故的弄堂和长廊，每个苏醒的早晨都极具地方特色。

新疆旅行漫记（第一日）

——新疆是个好地方

一

我从新疆回来了，可是依然像做梦一样，古往今来的著名诗人都无法写尽新疆的美和神秘莫测。

直至临行前，团长还在发微信，严厉发声："准备好棉衣，早晚穿棉裤不为过！必须强调新疆多数时是没网的，所以恳请大家一定要跟上队伍！"

在一个陌生的环境和队伍里，纠结和担心在所难免。临行前我提了提自己的旅行包，反复掂量。小薄羽绒服、冲锋衣、秋裤、棉裤一定带上，夏装略去，只带了两件衬衣。带少了挨冻，带多了长途跋涉会力不从心。经过一番挑挑拣拣，本着能省略则省略，轻装上阵最为妥帖的原则出发了。壮丽的山水，是很多人心中的童话和诗篇，而新疆就是我心目中最美丽的童话。

从新疆回来的人说那儿山川秀美，像是到了欧洲，有人说那无垠的碧草蓝天像内蒙古草原，还有人说，那里大漠茫茫，驼铃叮咚……

直到我坐上了飞奔的列车，新疆——这片广袤无垠的土地，依然如梦似雾，依然像蒙了面纱，向我莫名招手微笑。

二

2019 年 9 月的某一天，我乘坐火车从北京西站出发，目的地是乌鲁木齐，途经保定、石家庄、太原、吕梁，然后是嘉峪关、玉门……火车风驰电掣却依然感觉长路漫漫。

车窗外是茫茫戈壁，无边无际，没有一切动物，映入眼前的是向后倒退的山峦和趴在地上稀疏的骆驼草。

刀郎的《西海情歌》这样唱：

> 一眼望不到边，
> 风似刀割我的脸，
> 等不到西海天际蔚蓝，
> 无言着苍茫的高原……

不来新疆怎知祖国领土之大！不来新疆怎知它的茫茫沙漠和西域文化是那么独特！

此时此刻我才真正理解，王洛宾创作的歌为什么那么感人，那么饱含深情！

大漠茫茫吗？那么多有家国情怀的人心中珍藏着对这片土地最诚挚的感情。只要有了人，人心中有了爱，那就什么都不怕了！

卧铺车厢里，对面是一位新疆小伙子，他看着我痴痴地看着外面，诙谐地说："你是来新疆旅游的？"

我微笑点头。

他又说："你是被王洛宾的歌给唱来的吧？"然后他微笑。

我轻声说："是，我是寻着那歌声而来……"

其实这里戈壁滩、昆仑雪、阿尔泰山下的草原，早就是我心中向往的地方。三毛说："旅行是我的第一颗星，我愿意永远在路上。"我愿意在路上，醉心倾听着历史的水滴浸润在那曼妙的美景和广袤的黄沙上……

三

难道不是吗？

两千年前张骞来过这里，张骞带领一百多人的团队出使西域，长途跋涉十三年。

一百多年前，左宗棠来过这里。左宗棠率三千湘军战士，一边栽树，一边望乡，将士们抬着他的一口棺材前往新疆。左宗棠打定主意视死如归，下令每个士兵背着树苗来新疆。那里的柳树被老百姓称为左公柳。

列车上，我几乎睡不着，半夜醒来，坐在车窗前看戈壁滩上的满天星星，苍穹无垠，星光闪烁，真漂亮啊……

天渐渐地亮了，我看见甘肃境内美丽的梯田，玉门关秋风习习，新疆大片大片棉花盛开。无边无际的视野内一架又一架白色风车在蓝天下旋转，白色的羊群在绿洲里行走，还有隐约的昆仑雪山，我在车上拍下了一张珍贵的照片……

四

到新疆旅游，一定做好受累的准备。因为它太大、太远，广袤无垠，如梦似幻。

汽车行进了半天，似乎还在老路转悠，疾驰而过的还是戈壁滩，还是漫漫黄沙。除了偶尔开过来的汽车，几乎看不到人的迹象……

我们的旅游车行至戈壁滩腹地，从准噶尔盆地往回返的时候，车速慢了下来，导游观望了一下四周，在一片废墟墙边停了车和我们说："朋友们，以这堵墙为界，男士在那边，女士在这边，现在我们开始上卫生间了！"

于是大家有一瞬间的茫然，而后释然大笑。

蓝天白云下的戈壁滩上，大家嘻嘻哈哈地上了最生态的卫生间，然后上车，踏上愉快的旅程，美丽而广袤的新疆留给我非同一般的记忆。

一到晌午，空气会像烈酒一样热烈，所以流传着这样的民间谚语："早穿皮袄午穿纱，捧着火盆吃西瓜。"我没有带纱，夏装也极少，可是并没影响我的心情。

虽然每天要坐五六个小时甚至有时多达九个小时的大巴车，我依然很快乐，因为亲爱的远方给了我力量。

第一次来新疆，切身体会就是更爱我的祖国，更爱祖国的山山水水。

紫霞缭绕的天尽头就是布尔津，我们将在那里安营扎寨一宿，第二日继续……

新疆旅行漫记（第二日）

——乌尔禾的胡杨树

一

直面它，要比直面生老病死、直面流年易逝、直面爱情无常更让人震撼！

今天我要去的地方是地处准噶尔盆地克拉玛依的乌尔禾地区，它距离我所住的地方行车需五六个小时。据说在那里有一片原始的胡杨林。

吐鲁番盆地西部的托克逊，是我国年平均降水量最少的地方。

而我要去的地方，地处准噶尔盆地克拉玛依西部的乌尔禾区，也是降水极少的地方，这里常年无雨，四季干旱多风。

可就是在这样的环境下，生长着最原始的胡杨林。

二

我见过似挂着红灯笼的柿子树，我见过白皮松、侧柏和七叶树，我见过轩辕柏、将军柏和黄山上的迎客松，还见过须髯飘飘的巨大榕树，可是我却没有看到过真正的胡杨。

当日的乌尔禾，无风，很热。我面前的就是胡杨林吗？

那雨打风吹、刀刻斧凿、雷电交加后的英雄形象，以各种姿态立于蓝天之下。有的盘根错节，有的婀娜多姿，有的苍劲，有的秀美；有的如百年佛塔昂然挺立，有的像猛兽低吼抬望眼、朝天阙；有的伤痕累累，不屈不挠，有的金黄透亮，精彩绝伦……

胡杨林，立在蓝天之下，如同生死恋人，顶天立地，无怨无悔……

后来才知，胡杨树被人们誉为"沙漠英雄树""沙漠脊梁"，它任沙暴肆虐，任干旱和盐碱侵蚀，任严寒和酷暑的打击仍顽强地生存。有人说胡杨"活着三千年不死，死后三千年不倒，倒下三千年不朽"，铁骨铮铮，烈日似火、风如刀割，胡杨却能挺直脊梁，豪气冲天，不为环境忧伤，不为生态惆怅。它们一代又一代顽强地支撑起一片生命的绿洲，多像那些生活在边关的兵团战士……

我被这伟大的树种震惊了！这哪里是树，分明就是一群伟大而不朽的灵魂！

在这里，人类缤纷如沙般海枯石烂的话语，虚无得没有了重量；觥筹交错间的铮铮誓言顿时坍塌……

唯有惊叹，惊叹光阴与岁月，惊叹这执着的守候，仅凭这一点我就觉得不虚此行。

三

告别胡杨林，那画面依旧历历在目。大漠茫茫，蓝天下胡杨树挺拔多姿。那千年矗立的形象，令人震惊。我不禁想起人类的凉薄和现实……

人类啊，似乎一直都在攫取爱情或感情里的丰厚利息，只看重爱情里丰美的水草，却甚少体味日久经年后的深邃和感情⋯⋯

所以在人类诸多故事和现实中，爱情这块浅滩上，往往好景不长⋯⋯在布尔津宾馆的走廊里，我听到不知谁的手机播放的《红豆》。

四

今天晚上，布尔津新月如钩。我躺在床上，和室友芳有一搭无一搭地聊天儿。

此时我在想一个问题：人生每一段路程都有它独特的魅力，比如你不愿见到的人，可能就是别人做梦都想见的亲人。在这个世界上的情侣，很多人还没经历告别就走散了！所以，我们该珍惜当下。

胡杨林给我的震撼和记忆太深了！按照胡杨树的最佳观赏季节，我去新疆的时候已经不是金秋，有的胡杨树的叶子已经凋落，没凋落的也不再是金黄色的了，可是我却看到了胡杨林伟岸的风骨。

外面起风了，我依旧没有睡意，今夜我是幸福的，我把呼号的胡杨林，苦苦相思的胡杨林，守候千年的胡杨林，以文字形式塞进我的散文，这就足够了。无论明日是风雨交加还是阳光明媚，我都心满意足⋯⋯

新疆旅行漫记（第三日）

——魅力无比的沙漠和骆驼

一

去新疆的第三日，我们来到祖国大西北之北的哈巴河县，它在新疆阿勒泰地区。

站在边境线上，往前一步是哈萨克斯坦，身后背依祖国边疆，我们的队伍停留在边境的这片沙漠上。

二

来新疆几日，多少有些不适。空气干燥，会觉得口渴，总想喝水。我去时带了一个在家乡逛街时用的袖珍小水杯，因太小惹得自己总闹水荒。

在离乌鲁木齐不远的昌吉小城，我向小超市老板询问："你家有大杯子吗？"

老板微笑说："有！"他把一个能盛一千七百五十毫升水的大水杯递

到我的面前。

我心满意足地拿起它说："好！就是它了。"

捧着我的大水杯回到驻地，一下子觉得舒坦了。除了三餐之外，我渴了喝水，饿了吃馕，千里单骑走天下，我还怕什么呢。

忽然想起三毛的句子："夏日的撒哈拉就似它漫天飞扬、永不止息的尘埃……"我乐不思蜀，饱满、沉寂、荒凉、一眼无法望穿的大漠就在身边。我渴望着和它亲密接触……

三

我们终于来到了哈巴河县的这片沙漠。

面对着沙漠，我无言许久……

天蓝得那么纯粹，沙漠是黄白色的汪洋，滚着流线型的波涛，一纸铺开，无边无界。没有脚印，没有声响，没有风，云也不动，它如同一卷丝绸，连绵着天地。起伏的一个个沙丘和低谷，在阳光下，如梦似幻……

这真是一幅舒缓心情而又震撼心灵的图画，在它面前，你会忽然觉得莫名的茫然，似懂非懂……

懂得了什么呢？似乎一下子懂得了人生既渺小又茫然，懂得了人情世故，又被它伟大的寂然和沉静感动。凝视它，你只会由衷地赞叹：新疆真美！大漠真美！地大物博的祖国真美！

当日我没有玩各种沙漠游戏，而选择徒步在沙漠里征服一个个沙坡头……

四

"大漠沙如雪！"

这样一片美丽沉静的沙漠，它性格也有非常可怕的另一面。

新疆的地势是"三山夹两盆"，特殊的地形造就了新疆多处是祖国的"风口"。每年 11 月至次年 5 月间是新疆风最多的时候。风多、风急是新疆区别于其他省份的一大显著特点。导游告诉我们，在乌鲁木齐去往阿克苏的路段上，曾经发生一起重大事故，十一节车厢瞬间被大风掀翻了！我们大家除了惊愕，再无话可说。

在新疆有这样的民谣来形容阿拉山口的狂风："一年一场风，从春刮到冬，风吹石头跑，鸟都飞不了。"可是这一方水土也有人深切地热爱着。

我采访过几个老兵团人，她们有的是河南的，有的是上海的。

我问："你们还想回老家吗？"

她们微笑说："不想回，新疆很好。"

我说："这里冬天很冷是吧？"

她们说："我们这里冬天虽然冷，可是我们的屋里非常温暖……"

我再无言，在她们的眼神和微笑里，我读出了幸福的味道。

在阿拉山口、莽莽昆仑、西北之北，各个边境哨卡，都有我们的铁血战士日夜戍边，他们来自祖国的各个地方。

五

沙漠自然环境恶劣，骆驼是必不可少的。生活于戈壁荒漠地带的骆驼，性情温驯，机警顽强，反应灵敏，能耐饥渴、冷热，故有"沙漠之舟"的称号。

徒步于沙漠，不时看到骆驼队在沙漠里穿行。

今天我所经历的一切，其实就是沙漠人每一天平凡的日子。我是一个过客，明天将告别这里，奔往我旅途的下一站。

未来必将是山高水远的，我的心中已经承载了这样一个美丽的沙漠，无法忘却，暗暗嘱告自己，有两样东西务必好好珍存——我的文字，我的远方……

新疆旅行漫记（第四日）
——克拉玛依永久的痛

蓝天白云，戈壁滩的绿洲上草木清香。新疆真是一个好地方……

如果你肯探身，窗外就是塞外诗情。放眼望，满眼都是峰连峰、坡连坡的景象，总有那种想写点什么的欲望。

来到新疆好几天了，碰到机会就和当地的老乡聊天儿，每到站点，大家便停下来，买老乡的西红柿、哈密瓜、玫瑰香葡萄。西红柿三元钱一兜，有三四斤，葡萄一兜也得四斤有余，才五元钱。

我问老乡："没水洗怎么吃？"

她说着绕口的普通话热情地回答我："不用洗的，不用洗的，就这样吃好了，我们就是这样吃的。"

真的吗？后来问导游，他说可以这样吃的。

我站在戈壁滩上，风竖琴般地吹着我的头发，我忘情地吃着手里的各种瓜果，那是我此生吃过的最好吃的西红柿、最甜的哈密瓜、最香的葡萄啊……

吃着甜美的葡萄，望着远方想起少年时，老师布置的一个作文题很有意思——你的理想是什么。

我打开自己的作文本，不假思索地写下："我的理想是去远方。"遂放下笔，热切地望着窗外。现在想想，儿时的想法真是单纯，没有乡情乡愁，就是拼了命地想离开，想挣脱，想远走，想高飞。

二十多岁时，有一年去爬长城，在石佛寺求签，长者看着我，说我将来会大富大贵。青山郭外，天蓝水清，谁不愿意听一席暖暖的吉祥话呢。

可是后来我发现我没能大富大贵，我的工作和写作总是藕断丝连。早些年，那些关于和文字的无边暗恋，那些少年心底的秘密，那些不知愁又强说愁的滋味都罗列成一组和命运绕不开的关节，和今天的现实息息相关。

远方究竟有多远，还有多少未尽的远方？

人生能有几个刻骨铭心的远方？大约新疆就是我一个很难忘的远方吧，因为我从未写过连续的旅行游记。

其实远方并不远，它就在你的前面……

我对克拉玛依的认识，局限于作曲家吕远写的《克拉玛依之歌》。

1958 年 3 月，吕远背着他心爱的六弦琴来到了兰州炼油厂工地。创作了这首歌曲，从此这首歌传遍天下。我在歌中认识了克拉玛依，也记住了克拉玛依。"克拉玛依"这四个字，怎么读都带着一些梦幻的色彩，像草原和土地一样的宽厚和亲切……

据资料记载：克拉玛依市，是新疆维吾尔自治区的四个地级市之一，克拉玛依是国家重要的石油石化基地和新疆重点建设的新型工业化城市。克拉玛依，维吾尔语意为"黑油"。

克拉玛依是以石油命名的城市，市名源于市区东北角一群天然沥青丘——黑油山。克拉玛依是中华人民共和国成立后勘探开发的第一个大油田，克拉玛依拥有众多旅游景点，曾被评选为"中国最瑰丽的雅丹"，世界魔鬼城就在克拉玛依。

新疆旅行漫记（第五日）

——魔鬼城里有魔鬼吗

一

从新疆回来很多天了，与我相陪的是一杯泡好的蓝色黑枸杞茶，茶是从天山带回来的。窗外是北京漫天的白雪，此时此刻，感觉这冬天滋润而美好，我慢慢地翻看着从新疆拍回来的照片……

魔鬼城！对了！今天我要写的就是魔鬼城。

就是这孤绝、幽寂、人迹罕至的地方让我又一次怦然心动……

查遍唐诗宋词，没有魔鬼城的记载，亘古洪荒的魔鬼城，在历史上应该是一块无人踏足的禁地！

二

而我们旅游参观的魔鬼城到底是个什么样呢？

魔鬼城里有魔鬼吗？！

我去的当天，丽日晴空，可映入我眼帘的"魔鬼城"，却是死寂般的荒凉。红色的沙壤，多少世纪前留下的残垣断壁，风蚀的沟谷，凄凉的楼群，荒无人烟，不见飞鸟草虫，石墩石柱犬牙参差，偶尔撞入眼前的石墩却像一个个粮仓和鬼脸，阴森恐怖！

天下竟然有如此悲凉和沧桑的地方？没有记载，没有什么文字迹象，只有《七剑下天山》电影剧组在此拍摄过。风儿习习，我们乘着电瓶车，没有人介绍和解释，只有稀疏的骆驼刺在风中寂寞地诉说着没人知道的故事……

初识魔鬼城，它给我留下的印象至少是平静的，没有那么可怕。但是它的苍凉和悠远、洪荒与空旷、阴森和诡异，足以使我震惊！

据说魔鬼城刮起大风时，却是惊世的罕见和可怕！黑云压顶，鬼哭狼嚎，四处迷离，飞沙走石，天昏地暗，那怪叫声不绝于耳，啼哭声由远及近，城堡完全被笼罩在一片蒙蒙的昏暗中，那才是真正的魔鬼城！

那声音从哪里来？是谁建造了魔鬼城？怎么就会有这无数奇异的声音呢？我不是探险家，那情景我也没见识过，我坚信一旦预报有大风刮起，我们旅行的目的地就会改变，不再去魔鬼城。

三

多年前读到一段文字，关于船只和海员在大西洋百慕大魔鬼三角连人带船神秘失踪的事件。

1840 年，一艘由法国起航的船只"罗莎里"号，运载大批香水和葡萄酒，行驶到古巴附近，失去联络。数星期后，海军在百慕大三角海域内发现了"罗莎里"号，船只没有任何损坏痕迹，船上却空无一人，所有船员如同人间蒸发了一样。但是货舱里的货物均完整无缺，而且水果仍很新鲜。可是，为什么船上的水手都失踪了，没有人能够解答，船上唯一幸存的生物就是一只饿得半死的金丝雀。到底船上发生了什么，没有人知道。从此之后，类似的失踪事件在百慕大三角频频发生。

大西洋上的魔鬼三角和新疆的魔鬼城有必然的联系吗?

关于魔鬼城那难以接受的叫声，专家这样解释：每当大风刮起时，风肆虐过许许多多的断壁残垣，从而激起回声无数，因此就形成了各种各样的声音，且回声的频率有所不同。至于魔鬼城为什么会呈苍凉的赭红色，有专家认为，准噶尔盆地曾有过一段干热气候，岩石长期被高温烘烤，逐渐被氧化而呈现出赭红色。

我们居住的地球是神秘而美丽的，到目前为止，没有哪篇学术论文可以确定无误地说人究竟是从哪里来的，人体何以这样精密，我们居住的蓝色星球何以这样完美，宇宙里是否还有同它一样的兄弟姐妹。再见，美丽的克拉玛依，再见，苍凉诡秘的魔鬼城……

新疆旅行漫记（第六日）

——走进吐鲁番和火焰山

一

今天要去的地方是吐鲁番和火焰山，我的衣衫单薄，但新疆的气候依旧恶劣多变！

就这些旅游胜地的名字，便足以让人痴迷！新疆的山水湖泊像一樽樽烈性的酒，沉醉其中极其容易。

据说在去往吐鲁番的路上是要路过达坂城的，千年古城，军事要塞，还有王洛宾不朽的歌声和足迹……

我的心中一直回旋着一个旋律："达坂城的石路硬又平啊，西瓜是大又甜呀，达坂城的姑娘辫子长啊，两个眼睛真漂亮……"

1994 年，达坂城镇人民政府给王洛宾颁发了"达坂城镇荣誉镇长"证书，并给"达坂城的姑娘"塑像揭幕；2003 年，达坂城的"王洛宾艺术展馆"开馆。

因为有了王洛宾，才有了这首歌，才有了达坂城的天下闻名，才有了后来人们义无反顾的探访之路，可惜我们这次行程没有安排达坂城，只是从达坂城身边路过，这里留下了我深情的一瞥……

其实，歌声飞扬的达坂城，既朴素又内敛……

二

早晨很冷，我穿了条牛仔裤，可是到了火焰山，我觉得如同遭遇酷刑，真是热得难耐！怎么办，有铁扇公主的芭蕉扇吗？

没有！

当季是 9 月，当天是 32℃，可是火焰山的地面温度是 57℃，我踏着热浪走进无遮无挡的火焰山……

亲爱的读者，当你亲历火焰山的时候，千万记得少穿一点，还要做好防晒。

三

新疆是瓜果的天堂，瓜果好吃而且不贵。一兜葡萄，大约得有两公斤，五块钱。

新疆流传着这样的民谣："吐鲁番葡萄哈密的瓜，叶城的石榴人人夸，库尔勒的香梨甲天下，伊犁苹果顶呱呱，阿图什的无花果名声大，下野地的西瓜甜又沙，喀什樱桃赛珍珠，伽师甜瓜甜掉牙，和田的薄皮核桃不用敲，库车白杏味最佳。一年四季有瓜果，来到新疆不想家。"

一方水土养一方人啊！吐鲁番，火焰山，又美又烈又鲜艳！这一天就要结束了，我们要赶回住地，可是心里依旧装着那景、那山、那人、那甜美的瓜果、那流淌的歌声……

啊！姑娘啊遥望着雪山哨卡，

捎去了一串串甜美的葡萄，

吐鲁番的葡萄熟了，

阿娜尔罕的心儿醉了……

新疆旅行漫记（第七日）

——阿尔泰山和喀纳斯湖

一

我们的车在阿尔泰山脉蜿蜒的山路上穿行……

没去新疆前，常在秋冬季节，看到央视报道新疆阿拉泰地区暴雪大风的画面，今天我便穿行于画面里的莽莽林海。

这里地处北疆，是大片的原始天然林区。森林广布，人迹罕至。呈现在眼前的是大片挺直的西伯利亚落叶松和雪岭云杉、针叶柏，也有世界著名的珍贵树种胡杨林和灰杨林。

抬头，云雾缭绕；低头，万丈深渊。

一眼望不到边的原始森林，黄绿交错，远远近近，似梦似幻。在这里没有沙，没有戈壁，没有大漠孤烟。我怀疑，自己是到了新疆吗？是的，这里就是新疆，是新疆北部的阿尔泰山脉。

漫山遍野金色的西伯利亚落叶松，成片的橙色白桦林，士兵一样苍绿的云杉展现在眼前，天碧蓝，偶有雨滴，白云朵朵在山尖飘荡……

我在想，我是否于前世就有一个大梦藏在这里？它的美征服了我的心，掀起我内心的热浪。新疆的美无处不是那么凛冽、深厚、纯粹和渺远，让你叹服，让你不知所措。

不一会儿我们的车行至谷底，9月的好天气让阿尔泰山的魅力和美丽妖娆多姿地展现在我的面前。

二

车缓慢地驶进山谷，忽然眼前是一片草原，绿茵如毡，白色的蒙古包点点滴滴地散落在这一道又一道的绿色山坡间……

导游说阿拉泰地区的山间草原到了。山间草原？！也就是说这片草原是夹在山里腹地的，缓缓的草坡起伏连绵。

山间草原，天然牧场，牧草丰美。我们的车行进其中，偶尔可见骆驼队、羊群，还有头戴艳丽小帽的哈萨克牧民赶着羊群缓缓走过……

三

远望可见阿尔泰雪山冰峰，阿尔泰山四千米以上全是雪山冰峰，终年不化。山下景色变幻多姿，日晚朝夕各有不同。野花荣枯开落，绚丽斑斓。我们的车没有在这里驻足，可是随处一瞥，皆是难得的画面。传说的天山雪莲，就在海拔约三千米的石缝、岩壁、砾石坡地和湿润沙地上。据说它清丽脱俗，珍稀少见，玉白色或淡绿色的花瓣，裹着紫色的半球形花心，翡翠似的长形叶子，那就是雪莲的倩影了。

可是我没有看到，因为珍稀，难得一见！

四

草原的牧民每年都要转场。

何谓转场呢?

就是牧民为了躲避严寒,确保牲畜有足够的食物和水源,向另外一个适合生存的地方搬家。转场是哈萨克族牧民生活中非常重要的一件事,他们世世代代都是这样,是游牧生活中的"生命大迁徙"。

每年3至4月,牧民们便将牛群、羊群赶到位于山顶上的夏季牧场。而到了6至7月,则将牲畜转到位于山腰的秋季牧场。从9月开始到寒冬大雪到来之前,牧民们又将牲畜迁到位于山坡或山下的冬季牧场,并在这里度过整个冬天……如此循环,年复一年。漫长而艰辛的转场路上,牧民们凭着自己的力量,保护着牛羊。寒冷、饥饿、劳累、雪崩、狼群、病痛、死亡……长长的牧道是对牧民们生命力的极度考验。

可以说,阿拉泰地区的牧民是世界上搬家次数最多的民族。难怪哈萨克民歌都那么热情似火,掏心掏肺!

一首古老的哈萨克民歌这样写道:

> 嘎哦丽泰,
>
> 今天实在意外,
>
> 为何你不等待?
>
> 野火样的心情来找你,帐篷不在,你也不在……
>
> 啊!嘎哦丽泰,嘎哦丽泰,
>
> 我的心爱!
>
> 我徘徊在你住过的地方,已是一片荒凉,
>
> 心中情人几时才能见面,怎不叫我挂心怀……

伟大的哈萨克民族！令人陶醉的歌声！广袤无垠的草原牧场！回程路上，我频频回头看着那渐渐渺远的壮阔草原。

五

这天的最后一站是喀纳斯湖。

喀纳斯，藏在阿尔泰深山密林中，位于布尔津县北部。

相传，很久以前，成吉思汗西征，途经喀纳斯湖，见此湖美丽，遂决定在这里暂住几日，休整人马。成吉思汗喝了湖水，觉得水好且解渴，就问手下将领这是什么水。有一位聪明的将领答道："这是喀纳乌斯（蒙古语是可汗之水的意思）。"众将士便齐声答道："这是可汗之水。"成吉思汗说："那就把这个湖叫作喀纳乌斯。"喀纳斯意为美丽富饶、神秘莫测，喀纳斯因此而得名。

这么美的地方住着些什么样的人呢？

问身边的老乡，他告诉我，湖边居住的是图瓦人。

据说图瓦人是成吉思汗西征时遗留的部分老弱病残的士兵，逐渐繁衍至今。

喀纳斯，湖面碧波万顷，群峰倒影铺在水面，湖水会随着季节和天气的变化而变换颜色。湖形如一轮碧绿的弯月。

湖水清澈碧绿，四周森林茂密，沿湖有小三角洲、大片沼泽湿地、河湾小滩，远处有黄绿交错的树林，湖里躺着亿年的古石，不知名的鸟儿在啁啾不停……

踩着古石拍照，背依浩渺的原始森林，偶尔会看到一只苍鹰飞过。今天我看到的一切和昨天看到的大美新疆是截然不同的！美丽的喀纳斯，信笔挥洒、轻描淡画、浓墨酣畅都不能描摹其美景之万一。

我去的时候是雨后，湖畔林间、森林木屋像宫崎骏的漫画，如梦似幻的白雾并不挡视野，袅娜缠绕其中，像一条玉带在湖边轻轻徘徊。风摇树影，人在画中，身入仙境……怎么可以这么美！是上苍赐予新疆这么好的山水吗？美得如梦境又似童话，竟然是那般不真实！

　　信步月亮湾、观鱼台、喀纳斯湖、卧龙湾，不绝于耳的喀纳斯湖水怪传说，民间传说中的卧龙湾都给喀纳斯蒙上了一层神秘的色彩，让人流连和探究……

　　归来，捧起照片，心依然不平静。就把所有感受交给直觉吧，发自内心的文字是一串串最直白贴心的话，无须修饰，只需一吐为快……

走进傣族村
——西双版纳印象

一

2021 年 4 月，我乘飞机来到云南，从昆明下飞机乘大巴车在连绵起伏的山谷里穿行。一会儿是一片片五颜六色的花儿，一会儿是沟壑溪水，一会儿是高耸不见其端的热带古树，一会儿又是香蕉园。原以为是老乡种植的令箭荷花，其实是大片火龙果树，也不知这两样植物是不是同族兄弟，长得极像。我心中窃喜，披星戴月地赶来，翻阅的全是陌生和新奇……

二

就要进入西双版纳了，气候骤然升温，温度 35℃！还好，我来自北京，这样的高温我享受过。据说在西双版纳泼水节时，气温最高可达 40℃！

云南历史，像一本厚重的书，令人着迷。

我不由自主地想起金庸，想起了《天龙八部》里的痴情公子段誉，想起书里的名句："情长计短。解不了，名缰系嗔贪。却试问，几时把痴心断？"

想起清朝时期曾经盘踞在此的吴三桂，想起了历时八年的三藩之乱，想起了历史和历史里的人像一叶扁舟就这么轻轻地没了踪影……

傣族人，把大象和孔雀作为图腾和吉祥物，一到西双版纳几乎所有建筑都有大象和孔雀的图标。

三

月光啊，

下面的凤尾竹哟，

轻柔啊，

美丽像绿色的雾哟，

竹楼里的好姑娘，

光彩夺目像夜明珠，

听啊，多少深情的葫芦笙，

对你倾诉着心中的爱慕。

哎哎……金孔雀般的好姑娘，

为什么不打开你的窗户……

在西双版纳的日子，耳畔总回响着关牧村演唱的这首歌。随处可见的芭蕉树、美丽的香蕉林、高大的棕榈，让人仰望的落地生根和千年菩提竞相生长；山峦和坝上，巨叶植物、奇花异果成片点染；各种各样的热带树木藤蔓交缠地生长着，层叠于一起，千年亿年。有人穿着艳丽筒裙，牵着一头大象，微笑着走过……

似电视剧《西游记》里的景象，像是唐僧师徒正经过天竺国。其实这样的场景，在西双版纳比比皆是。只是大象不是你随手而牵的，要到野象谷去看，要到指定的地点才能见到。而到了西双版纳，巍峨的佛塔，金顶的寺院，红、绿、黄相间的泰式鱼脊形屋顶的庙宇，恍惚中就像到了泰国。

四

4月1日，我来到一个位于坝上的傣族村，它的名字叫曼醒，在傣族村逗留了整整一个上午。一进村，最醒目的是村里金色尖顶的佛寺，那是这个村的专用佛寺。然后看到了傣家的吊脚楼，巨大的菩提树，形态各异的热带植物，街上走着的悠闲的傣家人。忽然我还发现曼醒村党支部委员会的牌子。叫玉的女子用她们的清酒和傣家茶招待我们，无论是傣家饭、傣家人的服饰，还是傣家人的风俗和喜好，都给我留下了深刻的印象。

曼醒村位于嘎洒镇东南边，九十九户人家，人口四百二十三人。农民收入以橡胶为主，也种粮豆，人均耕地只有一亩，主要种植水稻。村里有电，有自来水，有电视，有电话，有网络。可是银行在镇里，只有一个邮政储蓄银行。这里的人没有存钱的概念，他们有钱就放在枕头底下，家家夜不闭户，主人出去是不锁门的。傣家人乐观旷达，他们的幸福指数非常高，所以这个村子有几个百岁老人，平均寿命也很高。

五

这里的孔雀美，森林美，闲适的大象遛着山美。而傣家的女子更美，傣族女子的着装，一律窄袖短衣长筒裙，盈盈一握的腰，佩着银腰带，头发绾起，风姿绰约，仪态万千……我自认为还算匀称，可是走到她们跟前，就是水桶腰，惨不忍睹。她们天生骨骼细窄，却坚强有力，每个傣族女子都要撑起家，挑起家庭重担。傣家的风俗是女娶男，家里生了女孩儿欢天喜地，而生了男孩儿便愁眉不展。

那么生了男孩儿怎么办呢？爹娘一定要想办法把他们嫁出去。西双版纳的傣家人信奉小乘佛，信徒结婚是可以吃肉的。想想，人世间还有这样通情达理的佛！

曾经，在西双版纳，傣族未成年的男孩儿都要有一段出家为僧的岁月。比如小男孩七八岁入佛寺，当他们穿戴一新由亲人护送，在众人欢笑声中进入佛寺，他们便认为从此得到了佛的庇护，就能长大成材了。他们在佛寺内学习傣文、佛法、天文地理知识，识字念经，学习文化，自食其力。有的十年后还俗回家，有的就此终身为僧，他们认为只有入寺做过和尚的人，才算有教化。

即便是现在，因为有九年义务教育，小男孩儿们便白天上学校学习汉语等知识，晚上在佛寺学习傣族文化。有的人读完中学大学，毕业后参加工作了，再请一周或一个月的假，入寺学习。回家后仍然算是"康朗"，即还俗的僧人。

那么傣家男子怎么嫁呢？如果男孩儿被女方家看中了，这仅仅算刚刚开始，他必须得去女方家住上三年，无偿劳作。这三年是考验期，通过了即可嫁过来。没通过，此三年白干，哪儿来的再回哪儿去，这样的风俗至今还延续着。

西双版纳的风俗让我耳目一新，我意犹未尽……连日来，我触摸的都是热带雨林气候下的一方热土，它的天空，它洁白的云朵，洁白云朵下走着的男人和女人，还有那金色尖顶寺院里的钟声，对于我来说都是神秘的。

六

傣族人喜欢依水而居，所以他们每年都要过盛大的泼水节。傣族人以竹为房，用竹作为器皿，比如竹席、竹桌、竹椅、竹箱、竹笼、竹筐等。傣家女子喜欢白银，她们缠银腰带，戴银手镯，而且喝银器盛的水……

叫玉的傣家女子，就用银器盛的水招待了我们。傣族人有食花习惯，他们经常采食的花，有攀枝花、棠梨花、白杜鹃、黄饭花、甜菜花、芭蕉花等三十多种。

一个人、一个民族如果把花当食物，会有怎样的浪漫情怀呢？而且这里的人民普遍爱歌舞，舞蹈形象生动，感情细腻，极为流行的是"孔雀舞"。在优美的葫芦丝音乐伴奏下，傣族少女全是五彩缤纷的孔雀，她们成了云端的女子。

我的文字是寄予云端的，它像萌发于热带雨林的一粒草籽，在我的往事里，在我西双版纳的旅行之风里，在热带雨林广袤的山间坝上……

走进千年古镇——杨柳青

　　小镇名字叫杨柳青，在天津，它依傍着河和海，滨水而居，日夜奔流的中国大运河就从小镇流过。这里距离海也不远，据说坐上车就可到达塘沽，到了塘沽就可看到渤海了。

　　与河海毗邻，千年古镇，人杰地灵。

　　我来到小镇，正值元宵节，一天的时间，从早到晚，运河桥上熙熙攘攘，是赏月的人，是看灯的人，是逛庙会的人，朗然入目的还有古色古香的院落，比如石家大院和安家大院，让小镇除了清秀美丽，还有一份沉甸甸的历史厚重。

　　杨柳青镇北有子牙河，镇南有世界第一人工河——京杭大运河，两河相拥，日复一日，人们在这里依水而居，耕作、生活，直至百年、千年，然后就有了杨柳青古镇的千年文明。

　　春天和夏天，鸟语花香，树木葱茏。那样动情的水，那样动情的月色，那样晴朗的天气，那运河之上悠悠的白云都令人沉醉、着迷。古运河水日夜不息，润泽着这里的春秋四季。小镇人们生生不息地劳作着，不妄求，闲适地打发着津门的日常。

　　小镇平时街面很清静，巷子很深远。杨柳青的人们以什么为生呢？

他们创作年画。管它雨疏风骤，杨柳青人全倾注在他们创作的年画上。

中华人民共和国成立以前，杨柳青的年画已濒临艺绝；共和国成立以后，国家组织了大规模的抢救性工作，2004 年被文化部（今文化与旅游部）列入"中国民族民间文化保护工程试点项目"。

月下，我漫步在文化广场、御河景区、柳口路、拱河桥……

我逛完运河逛古街，然后选了一幅装裱好的杨柳青年画，欣然而归。

回来时已经是很晚了，我躺在床上思忖，中国还有多少个这样的小镇？小小的，一步一个脚印，已经步入百年甚至千年。我突发奇想，余生要把这些小镇逛完，然后一篇一篇地写在我的文字里，引领和它未曾谋面的人，纪念那些源远流长的日子……

第八章　日　常

蝉声飞扬，诗词微凉

一

　　读文像和历史相交，写作如窝在自己走过的山水册子里。中年了，几乎不写诗，似乎写诗的那份灵感，都献给我的青年时代了。"衰兰送客咸阳道，天若有情天亦老……"

　　诗人都活在梦里，而我是活在现实里的，但我也读诗，读唐诗宋词。在睡不着的傍晚和午夜就读苏东坡，读李贺，读李白和白居易，后来我发现诗是可以催眠的！

　　为什么？在似与不似之间回味无穷，把话说尽了的诗不是诗。好诗，那份朦胧的美，那留给读者的想象胜过一切文体。单这份特质就够了！

　　凡尘俗世，网络和现实激烈碰撞，似乎浑然一体又背道而驰。人情冷暖，世态炎凉，柴米油盐沁润着碎响和嘈杂，我们身在其中不得不去面对，这就是千万人重复的每一天，分给读诗的时光在哪儿？

　　在睡不着的傍晚，我必读读喜爱的古诗词：一、古诗词有古人的历史背景和心情；二、它有千年遗落在诗词里的风声和风景。我在这样习习的风里陶醉，也在这似懂非懂之间迷惘。捧着这样的诗词，我像个孩

194

童，在体味古人风采的同时也促进了我的睡眠。静静的夜，柔和润黄的光，那情那景当然妥帖。读着读着，诗被扔到了一边，人沉沉睡去。

二

窗前是一片池塘，小小的，是人工建造的景致，岸边海棠、杏树成荫。春天尚好，海棠、丁香、杏花争奇斗艳，可是一到了夏天，傍晚蛙声格外响亮。

仅这些，我便睡不着了，看着池塘，听着蛙声，想着朱自清的《荷塘月色》。

写作虽好，但是所有作家都会落下一个毛病，他们或多或少都有不能适应陌生环境的睡眠习惯，换地方睡不着，过点了睡不着，被惊扰了再睡，也睡不着。

怎么办呢？

宋人范成大有诗云："昼出耘田夜绩麻，村庄儿女各当家。童孙未解供耕织，也傍桑阴学种瓜。"

我没有桑田，没有菜地，未能耕织，也不种瓜。可是我有这天然赐予我的一切碎响妙趣，足够了。池莉说："有香花的季节，不要错过香花；有友情的降临，不要错过友情；是寂寞的时刻，便享受寂寞；明月清风的夜晚，请一定别忘记散步。"

三

茶也是个好东西，以前不敢碰，怕碰了晚上睡不着，后来每日必喝。

不饮茶是人生多大的遗憾啊！每杯茶里都透着对生命和生活的喜爱，一杯老茶，千年的滋味！从香气扑鼻的茉莉花茶到回甘的普洱我都爱。

195

唐代诗人卢仝有一首流传千年的茶诗，名字叫《走笔谢孟谏议寄新茶》。这名字很陌生，可诗的内容一定家喻户晓。卢仝云："一碗喉吻润，二碗破孤闷。三碗搜枯肠，唯有文字五千卷。四碗发轻汗，平生不平事，尽向毛孔散。五碗肌骨清，六碗通仙灵。七碗吃不得也，唯觉两腋习习清风生。"

四

　　北京的夏天来了，蝉又开始歌唱了。在这样的日子里，翻阅苏东坡的诗词，心像加持了一个过滤器，一身清凉，才知原来还欠着这样的好书没看，原来还欠着这样的好诗没读。

　　爱热闹的人读不了诗，尤其读不了古诗，因为它是一片静静的山水，需要一片静静的心去抚摸。傍晚，蝉声弱了，花儿睡了，一切安静下来，翻阅它，像翻阅一片亘古的清凉。古槐下，似乎听到苏东坡在树下落棋的声音。心也被治愈，然后想象着皎洁的月光、美好的景致、慢跑的骏马，缓缓进入梦乡……

　　我忽悟，岁月如流，人生苦短。诗词中写的原来就是自己。一部书、一杯茶、一卷老诗词、一所心安的房子、几个知心友人都能慰藉孤独的灵魂。文学可不是没用的事情，好的文学家都是制造精神香料的大师，王维是，李白是，杜甫是，苏东坡是，曹雪芹更是。而爱读书的人，就像经历一场香熏的过程，当你书读多了，你这个人的视野和味道肯定就变了。

　　杜甫写道："文章千古事，得失寸心知。"手捧着自己的心又重读了杜甫，那些时间无法磨灭的文字，字字珠玑。

白露沾我裳

一

今日白露了。

白露从苍茫的云海，从遥远的山岗，从繁花的夏季，从一滴露水里走来，贴着我的面颊，贴着我的手臂，贴着我的笔端……

北风吹进窗，叶子黄了……曹丕写道："彷徨忽已久，白露沾我裳……"这位魏文帝也是这样一位忧伤而感性的文艺青年吗？

在这杳远而又空灵的气氛里，花儿落后诗将成雪，漫天的秋风，漫天的秋凉，是谁在读经？六世达赖仓央嘉措的声音："笑那浮华落尽，月色如洗；笑那悄然而逝，飞花万盏……"

"蒹葭苍苍，白露为霜。所谓伊人，在水一方……"

这个冷冽得有些伤感、有些怅然的季节竟这般和诗为伴了，从此有更多的人会爱上《诗经》吗？

二

三两知己，

一杯淡茶。

一杯红酒，

一部宋词。

我沿着文字的河岸寻找一颗最美丽的石子。

北京的木槿和紫薇还都开着啊，

你却怎么这么早就来了？

我忽然热泪盈眶地思念家乡……

三

就做个农妇吧，坐在秋风里听那叶子唰唰落地的音符……

挤进那挎了篮子去赶集的背影里，融入那微甜的空气里，把这密密麻麻的深情交付给这个季节吧，让它成为一缕风，让它成为我的一柄烛，让它成为我案前的一页纸。我把这秋天的讯息化作漫天的诗稿，哪怕它一枚枚一枚枚就这样纷纷地成为落叶……

满地的菊花都落入唐诗宋词里了，今晚来迟的白露岂不是一场梦境和离别……

我似听李清照在唱："朗月清风，浓烟暗雨，天教憔悴度芳姿……"

一缕禅香就在这云朵里丝丝悠长，一步千年吗，我薄衣伫立，

风儿吹过了山岗，白露染霜，叶子黄了，

是谁的歌儿安静似禅，

就在这眨眼即逝的白露季节。

尚有私情二三事

又是冬天，而且是隆冬……

北京未下雪，在黑龙江，冬天是用来猫着住的。

黑龙江人猫在漫天大雪的暖屋里瞧着外面的雪，猫在热炕上听冬天的风，猫在一窗灯火中闲话。而北京不是，北京冬天风也不凛冽，爽爽的冬，点染着黄杨的苍绿叶子，更像是黑龙江的深秋。我几乎不出门，悠长的日子宅家居多。

在家翻书看书，在家发呆，在家翻看手机里别人的故事……

时间的缝隙里，无意中，我们塞的都是别人窗口的日子！

索性撇开手机，捧起线装书做"书虫"。昨日翻看我的花草影集，尚记得在桃花的家族里有一种桃花叫撒金碧桃，顿觉久违了！一提起这名字，心就荡漾起来，就有了一种欲望，想去看它，想走在它的队伍里感受花儿的氛围，然后拍下来，"采采卷耳，不盈顷筐……"

有了些年纪，一切极简，极简就是理解了自己。

那飞短流长里的酒肉宾朋不理，那些嘈杂纷乱的场子不去，那些言不由衷的迎合嫌累，在岁月温润的律动里，我唯有一份爱美的注意力，还未凋敝。

可是究竟什么叫撒金碧桃呢？看字面那形象就栩栩如生，碧桃盛开，撒上金的灿烂，阔气俊朗，阳光明媚时一定艳丽夺目！

"刮风寨"，是一种茶的名字，听了这三个字，就让人浮想联翩……

《红楼梦》一听名字就想读……

杜拉斯的《情人》一看这两个字就想一睹为快！看来一件事物的名字取得好，就能达到先声夺人的效果！所以撒金碧桃这个名字让我记住了它。

春天里的撒金碧桃啊，美得像一片红云彩。单说燕郊，就有几条大道全是撒金碧桃树。人间四月，那份云蒸霞蔚，那份灿然盛放的气势让人叹为观止……

宋朝的严蕊说："道是梨花不是，道是杏花不是。白白与红红，别是东风情味。曾记，曾记，人在武陵微醉。"

闲章易得，一场盛大花市难求。

有一年五月，和朋友走在北京的深巷里，我们边走边聊。

不觉脚下却是成堆成片的白色槐花，我躬下身不敢前行了，雪白雪白的槐花铺了一地。我惊讶，蹲下身去捡，太奢侈了，竟有这么多槐花！朋友笑我："你是捡不过来的……"可我非捡不可，怎么可以这样，花儿怎么可以像雪一样平铺在地上，它应该被供奉起来，它应该被捧回去，插在陶罐里搁在案几上。我是雪国来的，我的故乡花儿少，没见过这阵势，我要捡回去，哪怕捧回去变成花泥，哪怕它干成一个个标点。白居易说："薄暮宅门前，槐花深一寸。"我此刻身临其境。

朋友也伏下身和我一起捡槐花……

她轻声说："在北京买房子的时候，我看了半年多也没买成，后来进了一个院子，当时满院子花香，把我醉倒了。正值槐花、蔷薇开放的时节，满院子花香！这房当然也有不足，可是后来还是一锤定音，当即决定就买这个小区的房子了。"

我和朋友会心一笑，对于美，我们都没有抵抗力。

人走着走着，就会停下来不走了。然后注定有一个城市让你沉溺，哪儿也不想去了，就选择在这里生活、工作、终老。这个城市就成了自己的依靠，也就让自己习惯于这座城市的风景。

"江南忆，最忆是杭州。"

我忆的是哪儿呢？

疫期最紧张时，我住在西河沿，丹把所用的东西都备齐了，粮食、肉蛋奶、洗漱用品等。环视整个屋，雅致、简洁、素净，明亮的窗、木地板、西阳台，一切日子是那么和静美好。西窗外有一排很高的树，像白杨树，但其实不是白杨树。它的枝条柔美婀娜，早春时节，树已经含苞，结满绛红色的穗子，足有十几厘米长，满树都是。迎风而荡，风景异乎寻常，是泡桐树吗？我不确定。

曾经在大连的响水寺见到过一棵泡桐树，那树干又粗，花朵又密。据一位工人师傅说，那树至少得五百年。北京的泡桐树很多，亦庄的泡桐大道十里长，好看极了。于是我想象，在我窗前泡桐开花的样子，想象它紫色的花朵拂着我窗的那份惊艳，想象每个早晨我刚一睁眼就能看到满树缤纷的花。那份悠然，那份欣喜，想想就觉得美好。

我不大出门，没事儿的时候，便和这树对视……

有一天，我问超："是泡桐树吗？"超说："应该是，白杨树的枝条哪有这么柔美的。"我点头，确信无疑。

后来才知，它不是泡桐树。

它是加拿大白杨，是由美洲黑杨和欧洲黑杨杂交的品种，19 世纪中期引入中国。

加拿大白杨是蜡质的树叶，柔婉的枝条，我在五楼依然能和它平视，加杨从早到晚哗哗碎语，日日如此。在北京疫情最紧张的日子，我时而内心沉静，时而焦急，时而张望远方。盼望疫情早点过去，心栖息在这林子里，栖息在这窗前，阅读听文，和这些树木休戚与共。

有了林子，就会有鸟儿。这里有画眉、百灵鸟、喜鹊、麻雀、燕子，等等。每日早晨，它们必早起来歌唱，然后把我吵醒，我便伴着鸟鸣胡思乱想起来。

北京的树多，生态环境好，所以鸟儿就多。忽然有一天珍珠斑鸠竟然来到我的住处造访。它就站在我窗前的阳台上，咕咕地叫着看着我，我走进它，它也不怕，那几日下雪，可能是食物紧缺了。它盯着我，不走，我哪经得起这样深情款款的注视。

我马上找来小米，放在阳台上。不一会儿斑鸠和麻雀们就来吃了，我悄然站在不显眼处看着它们，再后来它们成为我的常客。

有一天昊昊来了，他很小，刚会说话。

他看到阳台上的粮食就问我："这是什么？"我说："是鸟儿的粮食。"

昊昊又问："它们能来吃吗？"我点头。

昊昊又问："它们今天来吗？"我点头："它们一定来。"

第一天没来，第二天没来，第三天珍珠斑鸠来了，我和昊昊都非常欣喜。

在北京有好多饲鸟的老人，他们待鸟儿像自己的孩子。托尔斯泰说："多么伟大的作家，也不过是在书写个人的片面而已。"看到这句话，顿时轻松，我来这个世上，不是来兑现完美的，我是来经历的，我是来认识和欣赏的。

所以便觉心安和踏实，心安和踏实是多么高的境界！为生活和往日而珍存的一束美好，最私人的、最珍贵的，风致别样……

第九章　私房话

落入尘埃足可惜——说与无尽的岁月

一

空山鸟语兮，

人与白云栖。

潺潺清泉濯我心，

潭深鱼儿戏。

风吹山林兮，

月照花影移。

红尘如梦聚又离，

多情多悲戚。

望一片幽冥兮，

我与月相惜。

抚一曲遥相寄，

难诉相思意……

于《云水禅心》的音乐中，我整理昔日的文字。一边整理，一边听着《云水禅心》。在过去写完的成堆文字的文件里，发现的错误竟达上百条，突然发现自己的粗陋和欠缺。于大千世界面前，我们一直应该做的，依然是当个安静而谦逊的学生。所以也常常阅读许多史书和文献。

在这篇长文里，全是我平平常常的日子，关于穿衣吃饭，关于过去的糗事、尴尬的事、有意义的事。风雨飘摇中的奔波和欢笑，奔在路上的每一次呼吸和小憩。写意式的记录，却原来成了光阴和景致。

二

宅在家里的时光，散淡而宁静。莳弄一花一草，我极度有耐心。将花的叶子淋上水，修剪一下，藤藤蔓蔓就有了灵气。可以不读书，不想事，捧一杯茶就在这光阴里安静地待着，背对阳台上的日光，我像一片睡着了的叶子，让时间亘古青绿。

有一次搬家，和姐一起整理东西，我唯一放不下的是我养了几十年的虎尾兰。它高大，叶子碧绿，花儿是长长的一串串淡黄色的穗子，此起彼伏迎风开放，那份雅致真是入了魂魄！

我说："姐，我一定要用车把它运走。"

姐有些急，她说："你运什么不比它值钱啊？！"

我一下子心酸了，俯视满屋子整理好的家当，我唯独不想扔掉的是我这盆长势较好的虎尾兰，我觉得它是生命，也是我的生命，是生命就得珍惜，别的都可忽略，唯独它们不可扔掉或送人！

无奈，后来还是送人了。

姐怎么会知晓这两盆花陪伴了我多少年啊，怎么知道我暗自和它说了多少话啊，怎么知道我的心天天都向它们敞开着啊！可是后来因为路远，没有任何办法，我还是忍痛割爱了。

送人的那天我故意躲了出去，我怕我当着人家的面后悔。回来时爱人说，两个人抬着它们都很费劲，一步步小心翼翼下了楼。我沉默地看着没有了花儿的空荡荡的房间，泪水突然湿了双眼。有些时光，有些路段，有些背影，在一眨眼的瞬间就已失去。

何以叫乡愁？何以叫老家老屋？

忽然想起我的老妈，妈晚年的岁月待在我身边的时候特别多，几乎一年要待上大半年。她突然去世，我几乎接受不了。我大约有三年时间是严重失眠的，近乎抑郁了，妈的影子总是在我身边晃。每夜，我只是两眼瞪着天花板，茫然无措……

怎么办呢？读书，写啊写，越写越睡不着。那时我真希望妈妈从我的身后走来，然后我和她把满肚子的话都说出来，说出来就好了，以解我的思念，可是那是没有办法做到的。

天人永隔，怎么解决呢？

我有个表姐夫，他在大庆，爹早逝。当时他才二十多岁，子欲孝而亲不待啊，悲痛欲绝的他，怎么排遣这份哀伤？

给父亲料理完后事后，他没有听从亲友的劝慰，抱着父亲的骨灰，谁也不让动。就把父亲的骨灰盒安放在他自己的床头，整整一年！这一年他要和父亲朝夕相处。我沉默地听着表姐向我讲述着这一切。别人说起来似水无痕，可那飞过的云烟知道，那是怎样一种痛彻心扉的滋味。

我在 Z 城市居住时，我的左邻是一位卖肉的屠妇。她憨态可掬，胖胖的，人温和厚道，大家都叫她胖嫂。我的家搬来搬去，最后选中了这城市边的一角，为的是清净，房租也不贵，可是好事从来难得两全。

每天早晨醒来，我所闻人间的第一件事，就是杀猪！声音惨烈，我将头蒙在被子里，苦不堪言。

天空湛蓝，微风习习，我的心在惨烈的猪叫声中无奈而焦虑。关键是胖嫂天天都杀猪！

找到她，和她抢白几句："你家能不能别这么血腥？"

胖嫂瞪了我半天才说："别这么血腥？咋了？！我杀的是猪，又没杀人！你怕啥？不让我杀猪那就是要了我的命了！我撇家舍业地来这里就是为了杀猪，我得供两个孩子上大学，他们就指着我杀猪呢。人心都是肉长的，我这一刀子捅下去，心每次都直翻个儿，可是我就得杀猪，我就只会杀猪。"

我无语了，日子何处不悲辛！

似水的光阴里，我看着那蓝天发呆许久。岁月无时无刻不席卷着林林总总的日子，春风得意的日子和每一个悲欣交集的日子，大家都流着泪，然后含泪笑着，揣起自己的不容易。

三

20世纪80年代我曾做语文教师，后来到肇东报社工作，可还是想到更大的媒体单位去。那时青春年少，意气风发，文章写得也不错。我既埋头工作，又极力地寻找着机会。后来机会如同芝麻开门的咒语，向我敞开大门。我的一位老师把我的资料和见报的文章推荐给当时掌管人事编制的领导。80年代，百业待兴，各行各业都缺人。

领导看了我的资料点头后说："好！非常好！有才气，还有在新闻单位的工作经验，等我们研究研究……"

事后老师向我诡秘地一笑："有门！这事可以说就成了！为了更稳妥，你回家准备五百元钱，你拿着钱，我带你去看看领导，保准板上钉钉。"我谢别了老师后犹豫了，这事过去了很多天，我愁肠百转，也没去找老师。

四月末了，北方忽而寒风刺骨，我把风衣紧紧地裹起来，可还是冷，冷到心里去。

临近中午，竟然没有一点饿的感觉。人在抉择处，真的是一场自己和自己的交战啊，在这场战争里没有硝烟，没有火药味，思绪却如跑火车般无法停下来。

一连几夜失眠，走在街上像失重一样，浑身有一种轻飘飘的虚无感。此刻的我，就这么漫无目的，沉默无语，目光散淡，信马由缰。

后来我在街角的一堵老墙边坐下，看着一双燕子在对面的屋檐下筑巢，它们肯定是一对相爱的小夫妻，不然怎么会那么亲热，为了小巢不遗余力。

整个下午，我一直看着它们飞来飞去，一根草一点泥地衔过来，叼到窝边然后垒好，据说它们是用自己的唾液把那小巢筑牢的。当我的目光离开燕子的时候，眼睛有些潮湿，内心依旧七上八下……

母亲在她晚年的时候常常慨叹："怎么稀里糊涂地就从城里下放了？"

父亲在晚年的时候，也常常想起要去看看故旧，看看那些记忆里的曾经，后来我明白父母的心思，他们不止一次悔悟，那次人生重大抉择的失误。

抉择了，已尘埃落定，后悔是没用的。人生的重大抉择后，诸事都要重写了。爸妈的生活变了，环境变了，所有事情都要重新改写，那是一场同自己从前的日子血肉拼搏的战争。

走出那条老街，天阴了。我被这倒春寒纵容的风撕扯着，它像刀子一样刮在脸上，其实也刮在我的心上。我大踏步回家，心里已经踏实了许多。在长久的岁月里，必须懂得适度，莫妄求，回归现实。

五百元钱，现在是手边的零钱，和当年无法比。可是那时刚刚买房的我，没钱，甚至一角一分地算计。五百元现钞真是力不能及啊！有一句话叫"一分钱难倒英雄汉，半点恩感动侠义人"。我，一个在衣食住行中困顿漂泊的小女子，最后还是抉择了，放弃了那次机会。尽管惋惜，尽管内心波涛汹涌了许久。

四

齐豫唱的这首歌很入心：

一念心清净，

莲花处处开。

一花一净土，

一土一如来……

歌的名字叫《莲花处处开》，满满的禅意。

走着走着，再望来时路，像一部天书，是那样缥缈、巍峨、高不可攀。

秋末，我就近去莲湖边看莲花，在莲湖边上我坐了整整一个下午。小小的莲花，一朵一朵开在水面之上。黄色、浅粉、月白、洁白，纯然洁净，带着几分距离，不张扬，不媚俗，凛冽与妩媚并行。已是寒山瘦水、万籁肃杀的季节了，可它的微笑依然那么甜美！

真是超然置之度外啊……

光阴冷了瘦了，人情冷了暖了，似乎都与它无关。这是怎样的一份淡定，是怎样不为世情妄动的情怀？！

越加年深月久了。

我的朋友，也少了，老友几个，清茶一杯。友情像茶，像清风。

年少的时候，忽有朋友来，我会聊啊聊，聊到深夜，聊到整夜瞪着天花板无眠，她归后无音信，我还伤心了很久，其实终是缘浅言深罢了。

现在还会那样吗？不会。

遇见和离散都是缘分，是有定数的。

时间的河流浩浩汤汤，它将我们每个人都冲洗成明白人。任何的友谊也要节约着点，节省着联系，慢慢地享受，心平气和地交往。否则大火猛煮，最后不是不欢而散，就是被熬干了。

蜜虽好，吃多了会伤人，茶清，却能提神醒脑。爱已凉了吗？

不是，我们大家都在寻找和珍重的是什么呢？时隔多年，还会听到那由衷的心声——"你还好吗？""由衷"两个字来自心底，它像悦耳的春风。

跑遍了长街小巷，平常的日子和日子的平常，就是想这么删繁就简地活着，铅华洗尽，必见真淳。

在岁月的磨砺中，我想更要知轻重，明分晓，不给人添麻烦是最好的教养。

多年未见的朋友，期待见面，再一见，她就像老去了二十岁。我问她为什么会这样，都经历了什么。

她回答："这么多年没干别的，净打官司了，最后也就不了了之。"

我无言，拥塞在心里一堆话，却一句也说不出口。

我忽然觉得人生好茫然……

出身名门的陆小曼，她的一生，说不尽的大起大落。师从刘海粟，画也画得极好，可是她二十九岁之后的生活是极尽荒芜。"年来更识荒寒味，写到湖山总寂寥。"这是陆小曼自己写的诗，是她日子的真实写照。别人这样写显得矫情，陆小曼写出的却是刻骨的悲凉，她的心在惆怅中哭泣。青年的陆小曼辗转于多个男人之间，终不得圆满。

人啊，来到这世上，都想去哪儿呢？

当人来到这个万花筒式的人世间时，都想去自己期望、盼望和瞩望的目的地，最终却陷入平常里。平常的日子、平常的生活、平常的柴米油盐、平常的夫妻、平常的路径，这叫凡尘。

你不愿意吗？你想一夜之间飞黄腾达吗？你想永远风花雪月吗？

可也许你就会跌入万丈深渊。

据说入狱的高官，最渴望的一件事，就是想和家人一起吃一顿热乎乎的饺子。明太祖朱元璋记忆最深的美食是什么呢？原来是乡野村婆手里的一碗"珍珠翡翠白玉汤"。

每每站在岁月的顶端，我似乎都能听到时间滴滴答答地流去，无情而决绝，空旷而寂寥，那不是别的，是倏然而去的年华在向我作别。

曾读到这样一段文字，大师黄永玉和沈从文的一段对话。黄永玉说："三月间杏花开了，下点毛毛雨，白天晚上，远近都是杜鹃叫。哪儿都不想去了，我总想邀一些好朋友远远地来看杏花，听杜鹃叫。"这是黄永玉同他表叔沈从文聊天儿时说的话。

黄永玉问表叔："这样是不是有点小题大做？"

沈从文答："懂得的就值了。"

是啊，懂得的就值了。

人生最是一回难得的懂得……

这天下午，我和先生坐公交车去西四。我对西四蛮有感情，那里的街巷，老的书局，我曾淘东西的小店，还有当年悠悠的钢琴声，如今还在吗？

举目，满大街正在装修，但没有影响我的心情。我们慢慢地逛着，正阳书局还在，迎门的对联为："无事可静坐，闲情且读书。"我非常喜欢，这如珠玑般的十个字，在这个下午分外诱人，有说不出的气息与味道。然后我们去了一家小店吃饭，他要了一杯啤酒，我要了两小碟素菜，隐约听到黄少华的声音，依旧沧桑饱满。

入秋了，天极蓝。

看着远方的云发呆，风似熨帖着我的衣裳，一切尚好，这是 2023 年

9月北京平凡的秋天。

<h1 style="text-align:center">五</h1>

岁月倥偬，江河无限，其实一针一线、一粥一饭最重要，这是小百姓活着的最贴切的理由。

于流水般的岁月，不能忘了吃穿用度。开门就是七件事，柴米油盐酱醋茶。

2007年我买了一个能明火、能进微波炉的玻璃锅，这个晶莹剔透的小锅，伴随了我十年。这十年的光阴里，塞满了我的欢喜和欣慰。可是昨日由于不慎掉在地上碎了，我的心也跟着碎了。

心一下子很难过，我无法原谅自己。我想找个地方，再买一个相同样子的玻璃锅，可是在北京跑了很多地方也没有。玻璃锅有，而相同样子的没有。腿累得酸酸的，心也酸酸的，却求而不得。

它陪伴了我多年，每每风雪交加夜，开着车回来，饿得见什么都想吃时，一下子想起了我用小蒸锅蒸的香辣土豆片，我们互相对视一下，都明白了各自的心思，"那就蒸香辣土豆片吧"。

把土豆削了皮，切成薄片，撒一点花生油、酱油、盐，备一点蒜末，一定要放几枚通红通红的小米辣，放进微波炉，八分钟就蒸好了。

隔着玻璃小蒸锅看蒸好的土豆片极像艺术品，再加一小把香葱，一小把香菜，几片碧绿的白菜叶，老虎菜是必不可少的。还有碾好的花生碎，东北大米焖的米饭香味四溢。餐桌的桌布一定是淡色细花儿的，温馨却不浓艳。香辣土豆片的味道更是绝了，香味饱满，让人倾心一生。再配一样我亲自调配的佐菜，一杯啤酒，我们的晚餐解决了。

暮春，行走在街上，黄的花儿和粉的花儿在枝头闹，有的又纷繁地哗哗落下来。我穿着休闲的布裙闲逛，此时新韭已上市，买了来包饺子。

饺子包好了，摆在竹帘上，又一群一伙地下到沸水里，上涌的热气真是气势非凡！碗是细瓷的，盛好原汤，碾碎几个蒜瓣，炸了一碟通红的小米辣，香得让人口舌生津……

这滋味百转千回，此时江山可以不要，事业哪怕沉在低谷，错爱得失统统抛在脑后，我只记住了我日子里这旖旎而细碎的波纹，家是什么呢？是用来心疼我们自己的港湾。当你漠视了，芳容就不见了。

日子的妥帖还有哪些呢？是珍惜，是陪伴。

陪伴是一个多么温馨备至的词，它让你这一生有依，因为有人陪伴，哪怕风餐露宿也会觉得温暖，最后只剩她和他。

彼时我想起我的二姐，她不缺钱，生活也算好。本可在城市生活，可是非要回乡下。在乡下她换成了另外一个人，老两口秋天时满山遍野地捡粮，捡玉米，捡水稻，最后整个秋天，她捡了四千多斤玉米，还有几百斤的水稻。

我在北京听后心一跳一跳地疼……

二姐缺粮吗？不是。她是在寻找一种陪伴，那相濡以沫的陪伴日子，不在城市，不在繁华的楼宇间，是在田间和每个稻穗里，她宁愿累，宁愿漂在蓝天和碧野处流连忘返。

二姐的心思我隔着万水千山也能读懂……

人啊，且行且珍惜，这句话真心是说给自己的。

活到了一定岁数，才知平常日子最宝贵，而那些浮躁的光是没有寿命的。时间会把一切平常的、平凡的质感提炼出来，最后像格律诗，平平仄仄全是光辉，经得起岁月的考验，有着亘古的生命力。

朋友的妻得重病了，大家送她到手术室。匆匆而寂寂的脚步声中，肃穆而无人语的走廊，一扇又一扇大门打开又关上，最终把妻隔开了。朋友的手木然垂落，他的泪水无声地淌下来。

我站在旁边，知道那寂寂而落的泪水，虽哑然无声，却是人生在大灾大难前深切著明的懂得。懂得了什么呢？懂得了一份珍惜，懂得了惊涛骇浪和似水流年，懂得了红尘万丈不过浮生若水，懂得了什么叫值得和不值得。

六

人生，除了吃饭，穿衣也是最要紧的事。

东北女人爱穿是出了名的！

怎么穿呢？

东北女人冰天雪地也穿高跟鞋，冰天雪地也要穿裙子！东北女人在家吃糠咽菜，出门也得像模像样。里子可以忽略，面儿上一点不能少，然后高跟鞋点着冰面，像踩了高跷一样，扭动着窈窕身材。更有甚者，把能穿一件裘皮大衣，当作努力的梦想。这虽然不是多数，但东北女人爱穿戴却是事实。

怎么会是这样？是基因，是习性和习惯，是融进了这片土地里的特质。

东北太寒冷！一年四季，寒冷的季节达六个月！在这六个月里，干燥寒冷的西北风呼呼地刮着，外面冰天雪地，万径肃杀，迟迟不见绿色。人在这样的环境下，要寻找一种平衡才可以，寻找一种精彩才能活得有声有色，所以要好好地打扮自己。

东北女人爱收拾屋子也是出了名的，同样是基于这方面的原因。因为外面的环境有缺陷，屋子一定要收拾得亮亮堂堂，才能过踏踏实实和有光彩的日子。

20 世纪 80 年代，小城市能铺上地板的，为数极少。怎么办呢？干净的女人会把红砖地擦得像地板一样洁净。这样的人在我们报社比比皆是，一点也不新鲜，我当然也是其中一员。而且，她们大多数爱养花，要在自己的家里，营造一个和春天一样生机盎然的氛围，然后躲在小屋里猫冬、闲话、看书或做女红……

东北的原住民是满族，满族是马背上的民族，我们家就是满族的。满族人一旦定居下来，比谁都惜家。我就听我母亲谈起我的奶奶时说："奶奶有洁癖，爷爷也有洁癖，两个老人总是将家里收拾得窗明几净的。"爷爷好穿黑色的大氅，总是不染纤尘；奶奶爱穿淡蓝色旗袍，总是洗得洁净如新。

为什么清朝的皇帝各个都博学呢？有位历史学家说："清朝的皇帝不但博学，而且个个都懂中医，有的都能开药方啊！"

为什么，因为这个马背上的民族知道自己缺什么，初始他们汉语都不会说，更别说经史子集了。缺什么补什么，这大概是最寻常的生存原则了。

也常听人说，东北女人普遍都很漂亮。

究其原因，主要是混血。整个东北地区，多民族混血，亚欧混血。东北的原住民，主要是满族、蒙古族和朝鲜族。在清代以前，满蒙就基本通婚了，后来又来了山东和河北等地的中原人。

俄国十月革命后，一些俄罗斯贵族逃到东北，东北人中便混入了欧洲白人血统。还有一个原因是地处寒带，气候寒冷异常。所以这种地方的人鼻梁高，眼睛深陷。

东北女人美丽，其代表当属哈尔滨女人，哈尔滨女人爱穿爱戴，爱美且会美，大多数气质很好。

在这样的地域之上，我同样无法免俗。

此生两件东西多——衣服多，再就是书多。每每换季，我便像整理书一样整理换季衣服，其实衣服要比书还多……

除了文字也就这么一点爱好。岁岁年年、碎碎念念的日子，不曾磨掉这一点爱好，是我的幸运。现在也爱穿，但更喜欢幽静的蓝，淡白的蓝，胜雪的白衣。岁月老了，爱好简单了，简单就是最明智的。

烈焰的红花葱绿，都与我不合适。我的衣服多半是淘来的，淘衣也有无限的乐趣。写作累了，约上三两好友，在北京的旮旯胡同漫不经心地转着，也许收获满满，也许一无所获，可是乐趣频添。

精致的上海女人都是怎么买衣服的呢？

我有一位上海朋友，她热爱生活、爱打扮。

她对我说："阿拉知道啦，阿拉怎么买衣服呢？商场大牌女装很好看的啦，可是不能买啦，大几千块哦，去试穿，如果你穿着合适，可是你千万不要买的，盯住它，剩一件！打折到一百多块，迅即拿下啦。"说完她爽朗地笑起来。

我说："真知灼见！"

她说："我们上海女人都是这样的啦！"

美丽的上海女人，却原来都是精打细算的女人。

从前，我爱逛布店，北京的布店货品齐全，花色和质地都让我心醉。有时淘到一块好料子，找裁缝做，有时便自己剪裁，裁成一条长裙，能穿。妹妹说我此生不做裁缝真是可惜了，我暗自微笑，也觉得亏了，老天怎么不赏我一口做裁缝的饭吃呢？曾有一块猩红图案的真丝料子，很便宜，当时就买了。可是放了几年也没思量好做什么，最后我把它裁了两条真丝围巾，我和妹妹各一条，配白衣倒是非常好。

现在，越加喜欢蓝色和白色，偶尔也穿大红色。不喜花色衣服，如果有花色也只限于藏蓝和白色花。简单的颜色干净明了，坦荡、悠远、宁静，一点不浪费颜料。

七

想一想，人的许多回归、寻梦、足音，全和旧梦相连。往事里的千山万水让紫陌红尘处的你，内心有一处无人打扰的地方，这就是我提笔写一些往事的理由。它让我知足，让我领会生的意义……

有一天下午，我和爱人去菜市场闲逛，买了两样青菜和两个大馒头。正往家走，还没走出菜市场，一位衣衫褴褛的婆婆向我们走过来。

她走到我的跟前说："好心人，给点钱吧，可怜可怜我……"

她看上去得有七十多岁，一脸皱纹，衰弱苍老。

我的心咯噔一下，下意识地掏兜，四处寻钱，可是并没有一分钱。我的目光投向爱人，无声地问他是否有钱。

爱人也在兜里四处寻找，但是没有钱，大家都是用微信支付。

此时婆婆还在弓着身子眼巴巴地看着我们……

旁边人轻率地说："算了，说不定是职业要饭的。"

我急中生智，把刚刚买来的两个热腾腾的大馒头掏了出来，我说："我没有现金，您看您是不是饿了？您拿去吃。"

老人急不可耐地盯着馒头，接过去就大口大口地吃了起来，狼吞虎咽，吃得是那么香甜……

老人走了，我站在那里一动不动地看着她的背影，她的吃相让我的泪水溢满眼眶，现如今还有谁会对手中这个普普通通的馒头有如此食欲，有如此的吃相？

要饭的都是职业骗子吗？

直觉告诉我，这个老人肯定不是。

有些时候我们出口的言论，不要那么笃定。"好心人，给点钱吧，可怜可怜我……"这句话不到万不得已的时候，是说不出口的。

我也曾有过一段很难的经历，我和爱人婚后是有外债的，那时，一共有一千多元的外债，这一千多元钱的外债，曾压得我喘不过气来，做事常常缩手缩脚。心里想，如果没有外债该有多好！可是爱人是长子，是要替家里分担经济压力的。还完外债后，我们依旧租房，可是那种东城搬到西城，南城又搬到北城的日子真是过够了。

　　有一天，我直视着我的先生说："我一定要有自己的房子，我要买房子，我再也不要租房了。"

　　他沉吟了许久，没有作声，可是钱呢？

　　1989年，我终于买了自己的房子，一个有仓房的小院。在我的人生里，那是第一个可以真正安顿灵魂和肉体的地方。客厅走廊漆成了雪白色，卧室漆成水水的粉色，地面是素雅的灰黄格子地板，屋里养着剑兰，我的书、我的写字台、我的衣柜都有了合适的位置。仓房是我们的储物间，放着暂时不用的东西，堆得整整齐齐。

　　青青园中葵，朝露待日晞……

　　我们从远处运来土，小院种植了花草，我的小青狗护院。

　　我的窝、我的巢、我的蓝天、我的大地、我的哭、我的笑、我的吃喝拉撒、我的安全感、我的荣福禄寿都在这个地方了。愿三餐温饱，四季平安吧。

　　可是真的能四季平安吗？买了房子，是欠了外债的。那时一共花了六千八百元钱，买了房子后，我们的经济危机迅即到来。

　　我每日数着手里的铜板过日子，入不敷出，就紧缩开销。但仅仅节流是不够的，还要增加收入才对啊。可是怎么办呢？在那样的日子里，我日日看着胡同口的老白杨树在四月的风里如醉如痴地摇摆，我眯眼看着云端的太阳和脚下的残雪无助而茫然。我热情而含糊其词地和胡同里的老王、老李打招呼，看着他们欣然而归的样子。

　　那滋味是有些煎熬的，放在手边的一杯热水，一口没喝，却已经冷却。

星期天，下着小雨。我去一家印刷厂取铅字，中午回来的路上，突然想吃馒头。可是掏掏兜底仅有五毛钱，可是那天中午就是很想吃馒头。我去摊上买馒头，摊主的规则是一元钱四个馒头，一个塑料袋装着，不能开封。

我说："我买两个。"

摊主说："就卖四个！一元钱！"

我固执地说："我就能买两个。"

摊主看着我，一脸不屑，她上下打量我说："不卖！一元钱你还要掰开！"我扭头走开了，表面上在装笑，内心是真的哭了。

哎！鲁迅先生的句子多么深刻："破帽遮颜过闹市，漏船载酒泛中流。"当我再次回头时，摊主正撑着一把破伞，在风雨中啃着手里的凉馒头……

顿时，所有不快都没了，还有什么好说，谁都不容易。那一天我几乎沉默无语，回到家洗衣做饭，打扫房间，把窗玻璃擦得一尘不染，然后埋头于打字机上，它的声音嗒嗒地响个不停，是当时我最爱听的声音。

因为当年人们流行用名片，尤其是有身份的人都离不开名片。我就买了一台手摇打字机，为了增加些收入，在采访时，顺便揽了些私活，回家打好姓名住址，再给人家。收入是踏踏实实的。不是为了别的，就想早一天还完外债。

看了马俪文执导的电影《我们俩》，特别喜欢。

《我们俩》是马俪文的第二部作品，源自她的经历。当初在中戏读书的她，租住在一个孤寡老太太的家里。影片中发生的事历历在目，个中滋味、酸甜苦辣都是她的切身体验。某年某月她听说老太太去世了，往事一下子涌上心头，就写下了这个剧本。

东求西求，搞到了近两百万元的投资拍成了电影，是最省钱的一部电影，但也是最成功的一部电影。

马俪文也凭借此片获得了中国电影金鸡奖最佳导演奖，几位演员相应获得大奖和提名。

后来记者问马俪文："你拍的电影怎么能做到这么省钱？"

马俪文说："那是因为我没钱……"

记者无语，我们除了无语还能说什么。人啊，到什么时候说什么话，逢山开路遇水搭桥，每一个人生的节点都是教材。

刚刚调到报社不久的我，突然发现我们记者和编辑承揽的广告是给提成的，提成达百分之三十。这个信息像给了我人生至暗时刻最灿烂的曙光。在报社，我除了每日做好本职工作外，还要跑很多地方，承揽我们报纸的广告。我不怕苦，不怕累，不怕不成功，只要心头和眼里有目标，而且能看得见这个目标，这就足够了。我是我们报社承揽广告最多的一位。不仅仅为我们报社承揽广告，还为大型媒体承揽了几个广告。因此番努力和辛苦，我还完了外债，把平房小院卖掉了，又添了钱买了楼。

日子里平添喜气，人也有了精神。有一年的岁尾，我的广告费提成是两千元钱，钱还没拿到手，先生喜气洋洋地回来了。他说："我们单位的小隋穿的皮大衣太帅了！"先生那时在一家国企办公室工作，这话他说了好几遍。

我说："你什么意思？"

他笑了，笑得尴尬异常，然后说："没意思。"

我一眼看穿了他的心思，说："大哥，我们的劫还没渡完呢，别得意忘形啊……"

上文说到东北女人爱穿，其实东北男人也是很爱穿的。平心而论，自从结婚后，我们一直过紧日子，不敢花钱。后来我让他问问小隋的皮大衣多少钱时，我们都惊讶了。那件皮大衣是一千七百元钱，当时我们的工资都是六十多元钱，两个人的工资加在一起不足一件皮大衣钱，它超出我的工资十倍！但最后还是陪丈夫去哈尔滨买了那件大衣。

分给我烟抽的兄弟，
分给我快乐的往昔。
你总是猜不对我手里的硬币，
摇摇头说这太神秘。
睡在我身边的兄弟……

当我们还继续迎着扑面而来的烦忧时，以前的所有不快都忘记了。年轻真好！一切都来得及，一切都是崭新的扑面而来的清畅的风。

什么是岁月？

这就是岁月。

活着好吗？

活着有时很难，但是我们都选择活着。

海子于1989年3月26日选择卧轨结束了自己的生命，现在已经整整三十四年了。1964年出生的海子，如果活着也六十岁了，他该过着怎样的生活呢？做法官还是当文人？无法预知。可是海子站在90年代门口，挥手永别人间！海子震惊世界的具象诗句是：

从明天起，做一个幸福的人，
喂马、劈柴，周游世界。
从明天起，关心粮食和蔬菜，
我有一所房子，面朝大海，春暖花开。
从明天起，和每一个亲人通信，

221

告诉他们我的幸福,

那幸福的闪电告诉我的,

我将告诉每一个人,

给每一条河每一座山取一个温暖的名字。

陌生人,我也为你祝福,

愿你有一个灿烂的前程,

愿你有情人终成眷属,

愿你在尘世获得幸福,

我只愿面朝大海,春暖花开。

我不是海子,我是个俗人,我是这个时代里匍匐向前的小百姓中的一员。每天都在体会喜怒哀乐、苦辣酸甜、柴米油盐和温饱饥寒。每个日子都是具体和细碎的,都是美好的,也是疼痛的。我选择尽我之全力,让家人幸福,那我也是幸福的。

我居住的小区,有很多跨省上班的年轻人,早晨,很早就一拨一拨地起来候车了,不早行吗,因为要赶地铁。他们疾步如风地赶往下一站,下一站。

如今我像个局外人一样凝视着他们的背影,才知每个人的内心都装着一片绿草如茵的美景和一片不与外人道出的荒原。

推开窗,伸出手臂,感觉似在冷水里,时光荏苒,岁月更替,时间的大水汪洋得漫无边际。这波水漫过去,那波水又漫过来,我茫然四顾,开往青春时光的绿皮火车呢?它究竟在哪一片荒坡山岭里隆隆作响?

其实李白早就断言:“生者为过客,死者为归人。天地一逆旅,同悲万古尘!”

活到了今天这个年纪,我已没兴趣取悦谁。能够说的和能够诉诸文字的,便是自己的感受。“活得明白”这四个字最容易说,却最难做到。

多少人穷其一生，都没明白生命是怎么回事。

真的是海可填，山可移。日月既往，却不能再追！

而在这苍茫的天底下，始终晃动和忙碌着数以亿计的人。他们是男人、女人、老人、孩子，各种各样的打工者和老板，他们都有一个共同的去向，那就是向着生命的一个方向走着，不停地走着，直至走到人生的终点。无论你多么年轻，多么花容月貌，多么了不起，多么有号召力，谁也改变不了这个去向。

因为每一个人都是地球上的一个生物，而这个生物的能力是有限的，尽管如今科学已经很发达，但人类未认识和明白的东西还浩瀚得无边无沿。

有一句话叫"眼见为实，耳听为虚"，那么我们耳听眼见的又是什么呢？其实我们眼睛所看到的不过是世界的亿万分之一尔！没看见，不知道的数不胜数，我们不能说我们没看见的就不存在。

地球承载着的一切，大海、山川、河流、土地、淡水、空气，对人类来说，都是一种大幸运和大意外。地球在宇宙的一个角落里，已经悬挂了四十五亿多年，而就是这个地球，在宇宙里连个小兄弟都算不上，它孤独渺小、无依无靠，但它带着人类乐此不疲，就这么在宇宙中飘着……

是谁创造了这无边无际的宇宙？

是谁安排了这一切？是谁？

我们眼里的星辰大海是什么？

我们赖以生存的地球都是一粒悬浮在宇宙的微尘，我是什么？

我们也能在宇宙间生活须臾，何其万幸！无论明天发生什么，而今天我要说，我们这辈子，我们这场行走的人生，注定就有意义。

岁月水滴

中年的风雨欲来，都不是空穴来风，青年时不奋斗，老年时全买单！

初恋是一捆急于收割的柴，婚姻是一辈子植不完的森林。

不经意间那风中的鸟巢闯入我的视野，茫茫天地间，一个鸟儿风中的家，就这样吊在半空了。这么个小巢，里面住着的是夫妻还是一家老小？我望着它，心被莫名地剜了几下。

如果你还是"单身狗"，如果你遭遇了爱情，切记爱情不是人生的正餐。它只是人生的一个精神便当，正餐做足了，便当随之而来。

如果你累了，你呼唤的是谁？如果你走不动了，你呼唤的是谁？如果你在外面受伤了，你呼唤的是谁？想看看真心对你好的人是谁吗？这么一试就知道了。如果你的眼泪滴落了，那是提醒你该醒醒了。

良好的教养，优秀的习惯像一部积淀得厚厚的书，时间越长越感到晨风般的清畅。

有生之年我把时间交给了写作，文字的路上，兀自妖娆。也许衰老逼近我的那天，我依然游荡在这片远远近近的森林里，浪迹万水千山，我的文字是我的情人。

人生似梦非梦，似花非花，放眼一望，一派流淌的车河背影。回眸，漫天流云、日影晨昏，没有什么人能逃得了时间的磨砺。

日常生活中，人们深受折磨的是内伤，这内伤看不见血，但心流血。或许一个沉默就一了百了了，或许一个隐忍就把那不堪的日子放下了。他年他月后的今天，方知沉默是多重的包容，一颗心能承载多少，那慢慢苦熬和消化的过程，就是人长大的过程。想想人们之前所受的苦，受的累，吃的亏，傻傻地扛着，担着，日后忽然发现，那是佛祖给予的光，照亮日后的路。

嫉妒，可是爱美女生的死穴。越善妒的人，容颜就会越来越丑。因为嫉妒心理反映出来的表情是尖酸和难看的，而这些惯性的表情，最容易让身体陷入僵硬的状态。时间一长，皱纹就来了。嫉妒的心思，就像长在心头的刺，每当看到别人比自己好，就难过。然后一定会皱起眉头，拉长了脸，五脏六腑都随着嫉妒心理而纠结。中医说，好多人的皱纹就是这么长出来的。可是人们，每每都饮鸩不止，却还捧着这杯毒酒心甘情愿。

阳光微淡，岁月静好。一年后，五年后，十年后我依旧是我，一份初心，一份淡定。立在我清凉的门扉前，享受灿烂的日光。

年轻人，但愿你不要为房子而发愁，不要为工作而担忧，伫立异乡如同站在家乡的门扉和街口。

经济基础决定了上层建筑，有了经济基础就有了话语权，就有了快乐，就有了支撑，就有了担当，你会像风一样的飒然，像树一样扛得住四季。

女人的直觉比天气预报还准确，这么多年来我都是凭着直觉决定着我要往哪儿走。

最美好的事情不过是走在最难的路上时，彼此被照亮，彼此是贵人，心有灵犀，互相成就。

想不通的人啊，把路堵死了，走不通的路啊，被人心打开了。

很多时候，我们累的原因是太想着独享其成，太急功近利，太精于算计，太斤斤计较。

最终没有机遇，一事无成，傻子命好，别太精。

生活就是万千碎响混合的音乐，一会儿哭一会儿笑，一段光明路，一段黑暗路，点点滴滴苦辣酸甜，回眸一看，已经大半生了。

为别人照亮一束光，也温暖了自己日后的路。没有什么人无一不能，没有什么事一成不变，你的长处和别人的短处，都是世间上上下下晃动的光环。

当我们抬头一味地往高处看时，竟不知贵人就在身边啊，我们的眼光不要那么短浅……

初心就是藏在内心、握在手心里青葱碧绿的光景，有了初心，即使你不是热血青年，也活得像个热血青年。

在明净的天空下，知道自己是谁，明白今天和明天是什么，只有好好抓住今日，明天才会更精彩。只有好好过日子的人，才不会被时代淘汰，不会被岁月过滤，才会在银发苍苍时，平静而志得意满地说："喔，今夕何年！我们知足安然。"

我不居庙堂之高，我不惧风的招摇，我只是那金黄的野草，可否就这样撑起这一季，去迎接我们冬的飞雪和来年的妖娆。

被人理解是最幸福的事，可是不被人理解也是最正常的事。别期盼着谁都理解你，我知道我是不完美的那一个，但我一定是最努力的那一个，一辈子不长，我不会白来这世间走一趟。

读书能丰富阅历，运动能增强体质，心存善念将为自己带来福泽。当你知道为什么而活，你就会把那些杂七杂八的乱事都放下了。

就像卫慧说："写作、抽烟、哗哗哗的音乐，不太缺钱，一句话也不说，默默地坐上几个小时，那才叫幸福。"而我要说，写作是我的信仰，写作是我的另一条命。

好女人一定要保持能养活自己这个底线，才能自尊自爱，才能无愧自己、无愧于人生。无论是职业妇女还是非职业妇女，如果您愿意一定能够做得到。大不了摆摊，也要自食其力！等你老了丑了，你的自信指数不会降低。等你弱了，没有力量了，但兜里有底儿。

小鸟依人可以，依得了青春时光，却依不了老来荒凉。

看透本质才好决定方向，

识透大局才好笑对沧桑。

颜值高的是上帝眷顾你，请珍惜，

颜值低的照样活得筋骨强壮，靠能力武装自己！

美若桃花时你是一个大苹果，没了青春、没了美丽、没了钱，再没了健康你就是一个烂苹果……

人生整个过程是在不同地点、不同时间别离的过程，你知道这湛蓝色的苍穹是什么吗？

是一场爱！

是冥冥之中的一场大爱！

如果不爱，地球上为什么会有淡水、氧气和粮食？为什么会有这大气层？为什么母亲都那么无怨无悔地爱着她的儿女们？有了这样的爱，人类才得以生生不息。

你啊，要珍惜当下和余生，别忘了最黑的路段是怎么走过来的……

无论做什么事，我都觉得实在的人最靠谱，最踏实，最得人心。我坚信劳动是不亏人的，我坚信这个世界上发生的任何事绝非偶然，最后都会有一个最合理的答案。

上苍面前大家都是等同的血肉之躯。

都会累，都会疼！

都会生病，都会积劳成疾！

得之东隅，失之桑榆！

这个世界没有错，错的是在不同的时间里我们踏向不同的道路，三分靠运七分靠己。时光是指尖的一粒粒沙，愿这一粒粒沙把你雕刻得妖怪一样美，神仙一样淡定，菩萨一样心肠，把性格里的浊气和弱点扔到海的那边去。

心静静的，软软的，狸猫似乎又轻轻地跳上床，外面有狗儿叫，田野一片宁静。过往的一切从尘埃里生出光亮来，就连往日的疼痛此时聊起来也有了快感，那是和亲人在一起的时光。

阳光好，蓝天好，我的窗帘好，我的粗茶淡饭好，我的布裙好。我的笔好，我的书好，我的瑜伽好，我的一篮子蔬菜好，我的一杯绿茶好，我的家好，我的日子就会是鲜花般的模样。

这样深远而浅白的哲学意义，我直到今天才真正领悟，原来我像活得浮皮潦草的猪八戒，吃了最宝贵的人参果却食而不知其味……

下雨了别怕！没伞的孩子照样回家……

我的小姨和我的妈妈关系极好，好到什么程度呢？好到我有的你没有，就一定分给你。

一次妈去小姨家，小姨问妈："姐你都想吃什么啊？快点跟我说。"

妈长叹一声说："嗨！连家里的鸡蛋都换成钱给孩子买书和本子了，哪还敢有想吃什么的念头啊！"

说到这里小姨把家里所有孩子都骗出去，赶他们出去玩了。然后小姨把煮好的一碗热腾腾、白胖胖的鸡蛋剥了壳，递到妈的跟前说："姐，你快点吃。"

妈每忆小姨便涕泪俱下，我听得也喉咙发热，心酸酸的。在那艰难清苦的日子里，有赤子的相知，血浓于水的手足情，苦是苦点儿，但一切都能应对自如，便是苦难中深深的幸福了。

忽惊醒，似有深渊的人生啊，就算是再倒霉也要有一个知己相伴。哪怕她帮不到你，你却能够和她说心里话，心就不会再孤独。

学会微笑坚强！别对自己冷若冰霜……

这世上最缠绵的话都让徐志摩说给陆小曼了，留给我们的是无语和沉默，他们的结局仍然让我无语和沉默。我要说，亲爱的，我的爱人，我的亲人，为了我们的家，为了我们的孩子，我们一定要好好地好好地活着，你看那山顶的雪已经化了，一地春水的清辉染绿了所有的路，就在这样的春天里，别多语，阅读，写字，走我们该走的路，寸寸生命都有意义……

一个人，可以是一座城池，可以是一个世界，可以就这样上下古今穿梭不停，这就是读书的乐趣。

躬下身子做人，让开点路做事，温暖才不会被挡在外面。

人在最累和最迷茫的时候需要的是休息，而不是抉择，请不要把一件事的期望值想得过高，你要明白理想即便是有根的，它也注定会有一个发芽成长的过程，然后才是收获。

一个理解的微笑，我便可以为你当牛做马，你为什么那么自负呢？

人啊，总是在物是人非时才懂得，在永远失去时才知道珍惜，所以我们错过了最美的时刻，错过了最真的东西。因为冷暖未知的人生我们如同瞎子过河，只有来路没有回路的人生，每一个人都是实习生。所以今后的日子，别想你错过了多少，而应该想你还要珍惜多少。

纵观人生，坎坎坷坷，一波三折，何不是一场场华美的遇见。遇见你期望的，遇见你不想见的，得与失，幸福和痛苦便在这一场场遇见里上演。

谁的一生不是一部小说？！哪个人的一生不是一场最经典的剧目。总是眼盯着别人在这场戏里演得如何，却忽略了自己这个真正的主人公的位置。

金子在闪光的时候被捧在手里，金子被埋在土里时，被万人踩在脚下。这个世界不如意事常八九，可与人言无二三。

想来人人其实都很累，你为名累、他为利累，为笑声和凑热闹累。大多数人活的都不是真正的自己，人们活的是一种场子和氛围，活的是别人眼里的自己，活的是关系里交织的关系。

更累的是所有人都在寻找圆满，其实真正的圆满是自己的内心，内心安静了，一切都圆满了。